15歳が聞いた東京大空襲

女子学院中学生が受け継ぐ戦争体験

編著　早乙女 勝元
Saotome Katsumoto

高文研

銃後の生活――学童疎開と防火訓練

▶集団疎開先での寺子屋教育。男の子はみな坊主頭だ。1945年5月。

◀横町では主婦たちによる防空・防火訓練が日常化した。防空頭巾にもんぺ姿。1943年3月。

一夜で10万人が犠牲になった東京大空襲３月10日

▲地表は白熱化し、猛火に焼かれた人々は炭化して原型をとどめていなかった。断末魔の人々は互いに寄り添ったのか。（現在の墨田区、旧本所にて）。〔写真〕石川光陽

▼空襲下に避難した防空壕だが、これは模範的なもの。床下を掘っただけのものが多かった。

◀米陸軍のＢ29は、高性能の長距離重爆撃機で、「超空の要塞」と呼ばれた。

◀焼き尽くされ、瓦礫の原と化した町。現在の江東区内。

▲３月10日大空襲から数時間後の東京下町地域。隅田川をはさんで焼失部が白く、まだ残炎がたなびいている。中央は爆撃から除外された皇居である。

序

――女子学院中学校校長　田中　弘志

二〇〇三年五月の米国大統領による「戦闘終結宣言」以来すでに二年近く経過した今も、イラクでは戦闘が終わっていません。連日のように兵士、一般市民を問わず、多数の死傷者が出ており、武装勢力集団による残虐なテロ行為も一向におさまる気配がありません。これは、力で力を、武力で武力を抑え込もうとする試みがいかに無益なものかということを如実に示しています。武力による制圧は、押さえつけた人々の心の中に怒りと憎しみを増殖させるだけだからです。武力によってはからなければならない平和というのは、悲しいアイロニーです。

女子学院で二〇年以上前から続けられている戦争体験の聞き書きが生かされて、このような本にまとめられました。毎年中学三年生が夏休みの課題で取り組んできた数千編の中から選ばれた作品です。戦争の悲惨さを直接体験したことのない生徒たちが祖父母や知人から聞いた話を自分の中で消化し、再構築して自分の言葉で文章化していく、その作業を通して平和への思いをますます強くしているように思います。

語ってくださる方の中には、今まで誰にも話さないできたことをはじめて話したという方もありましたし、娘といっしょにおじいちゃんおばあちゃんの戦争中の話をはじめて聞けてよかったというご両親もありました。平和について考え、戦争は絶対に許してはいけないという思いを人々の間に広げていくのに、この記録が少しでも役立つことができれば幸いです。

◆——もくじ

装丁＝商業デザインセンター＝松田　礼一
絵＝伊藤　和子

田橋
東武線
足立区
松戸市
王子区
江北橋
西新井橋
荒川放水路
常磐線
葛飾区
王子
京成線
板橋
滝野川区
荒川区
堀切橋
豊島区
千住大橋
市川市
四ッ木橋
池袋
本郷区
白鬚橋
総武本線
下谷区
向島区
高田馬場
小石川区
上野公園
不忍池
上野
浅草区
言問橋
吾妻橋
厩橋
駒形橋
小松川橋
牛込区
本所区
江戸川区
神田区
船堀橋
橋区
新宿
四谷区
神田
両国橋
新宿御苑
日本橋区
麹町区
城東区
東京駅
清洲橋
今井橋
永代橋
深川区
葛西橋
赤坂区
区
京橋区
渋谷
浦安町
麻布区
浜松町
晴海町
晴海橋
荒川放水路
隅田川
埋立地
東京湾
江戸川
芝区
品川
品川区
荏原区
大森区
蒲田区
大師橋
六郷橋
多摩川
大師河原

東京都戦災消失地図

（資料＝『帝都近傍図』（日本地図株式会社／１９４５年）、『東京都区部消失区地図』（東京都／１９５３年）による。『図説　東京大空襲』（早乙女勝元著／河出書房新社刊）掲載。）

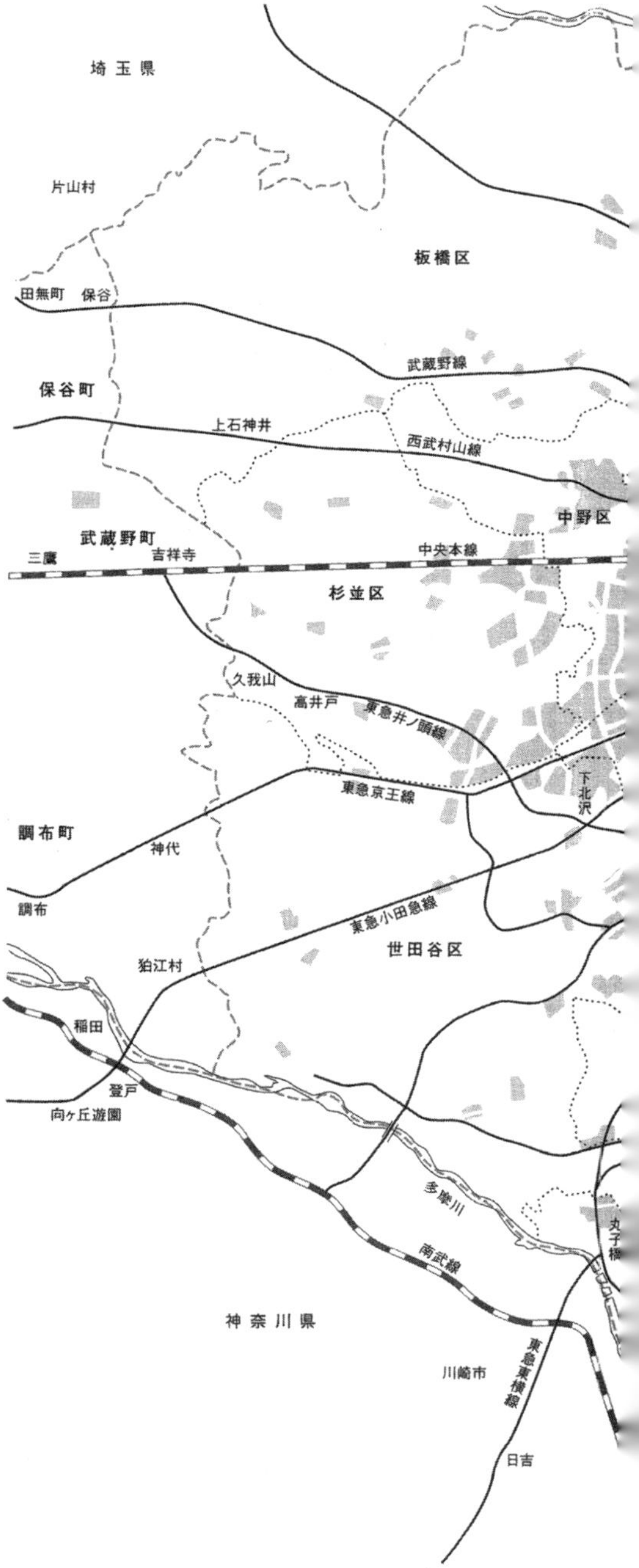

戦争中の用語

この本に出てくる戦争中の言葉を中心に解説

徴兵《ちょうへい》＝第二次大戦が終わるまで、日本国籍を持つ男性は全員、満二〇歳に達すると（戦争最末期には満一九歳に引き下げられる）徴兵検査を受けなくてはならなかった（「徴兵令」のち「兵役法」による）。検査の結果は、体格・身体状況に応じて、甲種から乙種（第一、第二、第三）、丙種、丁種と区分され、丙種までが「合格」とされた。身体に障害を持つ人や不治の病気を持つ人以外は兵役を免除されなかったのである。

召集《しょうしゅう》令状＝軍隊への召集を命じた令状。薄赤色紙に印刷されていたので「赤紙」と呼ばれた。

出征《しゅっせい》＝召集令を受け、軍隊に入ること。戦争中は多くが国外の戦地に送られた。

銃後《じゅうご》＝戦地の後方という意味。国内を指す。

勤労動員＝青壮年の男性が兵隊にとられ、労働力が不足したため、未婚の女性などが工場労働に動員された。「学徒勤労動員」は、１９４４年４月から敗戦の45年８月まで、日本中の学徒（今の中学生以上）が法令によって授業を放棄させられ、集団で軍需工場などに動員された。

隣組＝１９４０年に制度化された国民統制のための地域住民組織。だいたい10戸を単位として部落会、町内会の下に設けられ、「常会《じょうかい》」を定期的に開くことを義務づけられ、配給、供出、勤労奉仕など、行政機構の最末端組織としての役割を果たした。

戦争中の用語

配給制＝戦争中の統制経済のもと、食料や日常品など、ほとんどの物資が割り当て配給となった。隣組組織などを使って指定の値段で売った。

教育勅語《ちょくご》＝１８９０（明治23）年、明治天皇が国民に与える形で発せられた「教育ニ関スル勅語」の略。この教育勅語を通じて、皇室と国家に対して忠節を尽くすことがたたき込まれた。

ご真影《しんえい》＝天皇・皇后の肖像写真。各学校に設けられた小さな社《やしろ》（奉安殿《ほうあんでん》）に安置され、儀式の時には会場の壇上に掲げられた。

少国民＝戦時下の子どもたちのこと。太平洋戦争開戦の１９４１年、小学校は「国民学校」と改称された。狭義ではその国民学校の児童を指す。

非国民＝戦争中、軍や国の政策に積極的に協力しない人を非難して使った言葉。

学童疎開《そかい》＝１９４４年7月、政府は本土空襲の激化を予想して、東京や横浜、川崎、大阪など大都市の国民学校初等科（小学校にあたる）の３年生から6年生までの児童を学校ごとに、集団で山村の寺や旅館などに教員と共に避難（疎開）させ、共同生活を送らせた（のちに2年生以上となる）。

防空壕《ぼうくうごう》＝空襲から身を守るため、地面を掘って作った避難所。山の斜面を水平に掘り抜いた大規模な横穴式のものから、屋内の床下を掘って蓋《ふた》をかぶせただけのものなどさまざまあった。

防空頭巾《ずきん》＝中に綿を詰めて作った布製の頭巾。戦争末期、空襲が始まると、外出する際には子どもも含め全員がこれを携帯し、警戒警報のサイレンが鳴ると、頭にかぶって避難した。

灯火管制《とうかかんせい》＝夜間の空襲に備えて、電球の周りを黒い布で覆い、灯りが外に漏《も》れないようにしたこと。

憲兵＝軍の警察。軍内部の犯罪捜査・軍紀維持・思想取り締まりにあたったが、次第に権限を拡大し、一般市民に対する公安対策、思想弾圧、防諜《ぼうちょう》などにも強い権力を振るった。

B29＝第二次大戦中にアメリカのボーイング社が開発した重爆撃機。大量の爆弾を搭載《とうさい》して長距離を飛べた。日本の主要都市を焼き尽くした空襲の主役だった。広島・長崎へ重い原爆を運んで投下したのもこのB29爆撃機だった。

焼夷弾《しょういだん》＝高熱で燃焼し、広い範囲を炎で焼いて破壊する小型爆弾。木造家屋の多い日本の空爆ではこの焼夷弾がきわめて有効に多用された。

機銃掃射《きじゅうそうしゃ》＝機銃は機関銃の略。機関銃でなぎはらうように射撃すること。とくに戦闘機が急降下して、低空から地上を逃げまどう人を攻撃することを機銃掃射といった。

神風《かみかぜ》＝国家が危機に立ったとき、神の力により吹くと期待された風。鎌倉時代の二度にわたる蒙古襲来の際に吹いた暴風の故事から生まれた信仰。しかし第二次世界大戦ではついに神風は吹かなかった。

玉砕《ぎょくさい》＝全滅のこと。悲惨な全滅を「玉と砕《くだ》け散る」と美化した。同種の用語に「転進」＝「撤退」がある。

特攻隊《とっこうたい》＝航空機や小ボートなどに爆弾を積んで、乗員もろとも敵艦に体当たり攻撃を行なう部隊。兵士の命を軽視した日本独特の戦法で、太平洋戦争末期、とくに沖縄戦で大量に投入された。

ポツダム宣言＝１９４５年7月、ベルリン郊外ポツダムのアメリカ、イギリス、ソ連の首脳会談で決められ、米、英、中国の首脳の名で日本に突きつけられた無条件降伏の勧告。日本軍の解体、戦犯の処罰などのほか、日本の「民主主義的傾向の復活強化」が指示されていた。

玉音《ぎょくおん》放送＝１９４５年8月15日正午に流された昭和天皇の声によるラジオ放送。ポツダム宣言を受け入れ、無条件降伏を決定したことを国民に告げた。

進駐軍《しんちゅうぐん》＝敗戦後、日本に進駐したアメリカ軍を主体とする連合国の占領軍を「進駐軍」と呼んだ。１９５２年4月、対日講和条約の発効で日本は「独立」を回復、占領は終わったが、同時に発効した日米安保条約により、アメリカ軍は今日まで日本に駐留《ちゅうりゅう》し続けている。

十五歳が受け継ぐ戦争体験の意味

小野田　明理子
（元女子学院中学校国語科教諭）

今年は戦後の還暦。一夜にして十万人もの人々が焼き殺された東京大空襲三月十日から も六十年です。

「東京の空襲体験を描いた作文を集めてほしい」という作家の早乙女勝元さんのお話を受けて、手元に残された作品の中から十六編を選びました。二十五年間にわたる女子学院中学校の戦争体験聞き書き学習によって、約六千人の体験が記録されてきたのですが、その二割が東京を舞台にし、多くは三月十日の記録です。

本書六十ページ「すまないね、順子」の筆者下岡正子さんは、あの炎の夜に生き別れた娘を思い続ける祖母の言葉を次のように綴っています。

《三七年たった今でも、あの時と同じ考えだね。戦争でいちばん苦しむのは子どもや女たちだよ。あと一回でもくり返したら、人間はおしまいだね。順子のことは、そうだね、それもあの子の運命だったのだと思っているよ。》

おばあさんはこれを語られた十五年後に八十九歳で亡くなられ、「順子にそっくりだ」と言われた正子さんは、今では二人の子を持つ母親です。

「身近な人たちの戦争体験聞き書き学習」を女子学院中学校国語科が初めて取り組んだのは一九八〇年夏でした。敗戦から三十五年、戦争を知らぬ世代が国民の半数を超えていました。時代は高度経済成長のただ中にあり、歴史を振り返るゆとりを失っていました。このままでは戦争体験が風化してしまう、戦争の悲惨さを語る者がいなくなるとき、世は戦争への道を急速に転がり始めるだろう。語ってくれる人がいる間にその受け継ぎを急がなければならない。そんな思いから出発した実践でしたが、生徒と家庭から積極的に受け止められて、中学三年生夏の国語科学習の定番となって二十五年、語り手が父母から祖父母へと移る中で、祖父母と孫との新たな結びつきが生まれてきました。

今、日本の国は大きな曲がり角に立っています。「あと一回でも繰り返したらおしまいだ」と語られた道を歩まないために、聞き書き学習の意義は今いっそう大きいのではないでしょうか。

女子学院中学校国語科の実践が、早乙女勝元さんのご発意によってこのような形でまとめられることを嬉しく思います。語り継ぎのランナーたちの協力と、高文研のお骨折りに感謝申し上げます。また、オビに推薦文を寄せてくださった海老名香葉子さん、ありがとうございました。

国民学校一年生の夏に疎開先で敗戦を迎えた、戦争を身をもって知る最後の世代の一員として、この本がひとりでも多くの方に読み継がれ、「平和のバトン」が次世代へ手渡されていきますように願っております。

（二〇〇五年一月一五日）

I

還らなかった肉親

孫へ、曾孫へ――女戦記

森田　祐子
（1981年度）

一九四二（昭和一七）年四月一八日、その日は警防団の集まりがありました。私は昼食の接待に、庭先では孫たちが遊びに興じる、うららかな日でした。

突然、耳をつんざく轟音《ごうおん》の黒い固まり。それが軒《のき》をかすめたのです。ドドドン！　腹に響く爆震。一同庭に飛び出し、棒立ちになったのです。淡い青の空に続けざまに高射砲《こうしゃほう》の砲弾《ほうだん》が炸《さく》裂《れつ》しました。足がすくむような激しい音に孫たちが泣き出しました。大人たちは疾風《しっぷう》のごとく出動。

「何事だろう？」

「空襲？」

「まさか……！」

いきなりブーという音。空襲警報です。

「何をしているのだ!!」

あわてて孫たちを避難させました。たちまち空は煙で覆《おお》われました。夫、常右ェ門は警防団員です。その妻として少しでもお役に立たなければ。にぎり飯を作り、急いで現場へ向かいました。人波はどうやら旭電化へ向いているよう。そこは軍需工場なのです。

現場は惨たんたるものでした。相当広範囲の黒焦土にぽっかりと大きな穴が三つ。バッカと口をあけていました。深さにして五メートル、直径一〇メートルはあるでしょう。そのふちで二階建て家屋が倒れかかっていました。壁がつつぬけ、柱が黒々と肌を露出。窓枠、障子、書籍がいたるところに散乱しています。

警防団の消火活動でほぼ鎮火《ちんか》すると、焼死体が運び出されてきました。年長らしい男性、女性、幼い子ども。トタン板の上に並べられたものは死体とはいえません。むしろ物体です。足がなえているものもありました。

まったく正視することはできません。帝都《ていと》に空襲……!?「帝都に敵機は一機たりとも侵入させてはならない」と豪語《ごうご》した軍部。初めての空襲は市民に大きな不安と影を残したのです。

この空襲はドゥリットル空襲と呼ばれるものです。アメリカ軍のドゥリットル中佐が率いる爆撃機隊が、太平洋上の空母から飛び立ち、東京から西へ、東京・名古屋・大阪・神戸に爆弾を落としながら日本列島を縦断し、中国へ飛び去ったのです。

このあと日本本土への空撃は一九四四（昭和一九）年一一月まで途絶《とだ》えますが、戦争はいよいよ激しくなり、働き盛りの男性が次々と出征《しゅっせい》していきました。私の息子も五人中四人出征。四男、五男、次男、長男と。

長男武雄が出征する四四年には、日本の敗戦は色濃くなっていました。見送りもそこそこの寂しい出征。それでも私たちの〝銃後《じゅうご》を守り通す〟決心がゆらぐことはありませんでした。

一九四五(昭和二〇)年。

昨年暮れ頃から空襲が激化し、日に日に緊迫感が高まります。連日の防火訓練もすべて人力という頼りないものでした。

一月のある日、夫が長男武雄の妻、美代子を呼び寄せました。分散疎開《そかい》のことでしょう。一家全滅を避ける手段です。美代子も覚悟ができているようです。その晩、「精一をお願いいたします」とだけ申しました。

三日後、あわただしく埼玉県幸手《さって》町へ疎開しました。まだ三歳の子どもを残してゆく母親の胸中は激しく揺らいだことでしょう。それに比べ、精一は無邪気そのもの。買い物に行く母親を見送るよう、にこにこと手を振っています。「今日から精一の母親になろう」、こう決心することが美代子への最大のいたわりでした。

一年と半年前は五人の息子に美代子、四人の孫という大家族でした。それがあっという間にちりぢりです。残った者は夫、三男安雄、孫の精一、私の四人。そのうえ夫と安雄は警察署に詰めきり。狭く感じられた家もあまりに広くなりました。

四月一三日。

この日の晩も警報は鳴りやむことを知らないようでした。まどろむことも許されず、防火用水の点検などしていました。

未明――。強い警報。同時に雲霞のような敵機の来襲。Ｂ29が超低空飛行で旋回《せんかい》し、バラバラと焼《しょう》夷《い》弾《だん》を落とします。あたりはたちまち炸裂《さくれつ》音と火柱でいっぱい。Ｂ29は後を絶ちません。

「危ない！」

精一をたたき起こし、重要書類を運び出していました。と、警察署から安雄が駆け戻り、

「母さん、避難しよう。いつもと違うようだ」

気がつくと物置小屋に火がついています。もうなすすべもありません。井戸に綿入れを投げ入れ絞《しぼ》る。頭巾《ずきん》を被《かぶ》せる。綿入れでくるりと包む。負ぶう。外へ駆け出す。しかし、外は火の海でした。東方、西方、南方。三方から来る火の手。

「母さん、井戸へ逃げよう」

底の浅い井戸には万一のため、すのこが用意してありました。井戸……予感が走りました。防火用水に逃げて焼け死んだ母子のことが。

「川向こうへ逃げましょう」

とっさの判断でしたが、叫んだ時には走り出していました。突風にあおられた炎は蛇の舌のよう。灼熱《しゃくねつ》した瓦がひゅうひゅう飛んできました。炎の塊《かたまり》が火山爆発のように降り、目を焦《こ》がします。ボワッ、猛烈な音を立てて火の壁が立ちはだかることもありました。

「もう終わりか。いや、助かりたい」

無我夢中で走ったのです。

やっとのことで荒川の河原までたどり着きましたが、そこは逃げまどう人々でいっぱいでした。小台橋は真っ黒な夜空を焦がしていました。焼夷弾の餌食《えじき》になったに違いありません。

ふと気がつくと、安雄の姿が見あたりません。狭い河原にも、刻一刻、人々が逃げてきます。身を縛《しば》る熱気、圧力、不安。何度も気が遠くなりました。しかし、私よりもがんばっている子がいます。

「精ちゃん、がんばろうね」

母親代わりである私が弱気ではいられません。

そうこうしている間に押し出し、押し出されたのでしょう。膝が川水につかっていました。そして腰、胸。これ以上押し出されるわけにはいきません。川幅は一〇〇メートル以上。流れに足を取られると身が危ないのです。川の水はぬるま湯に感じました。火を噴《ふ》く木片、焼けただれたトタン板、瓦などが流されているのです。そして人間……。川は、空は真っ赤。まるで彼らの血で染《そ》めたように。なんと残酷なことでしょう。精一の手をぎゅっと握り、自分自身を励ましました。

「おばあちゃん」

幼いけなげな言葉にどれだけ力づけられたことか。

東の空が白んだ頃、人々が散り始めました。河原に上がった時、初めて「助かった」と思えたのです。その途端に座り込んでしまったのを覚えています。

どれほどの時間が経ったことでしょう。我に返ると太陽が一五度くらい昇っていました。精一は膝にもたれ、ぐっすりと眠り込んでいます。本当によくがんばりました。小さな〝兵士〟

をそっと起こしたのです。〝さあ〟、立とうとすると、両ひざにぐぐっと重みがのしかかり、思わずよろめいてしまいました。

「夫は、安雄は?」

一時に不安が胸をよぎります。足がままなりません。が、急ぎ足で家へ向かったのです。

「尾久町はこんなに広かったか……」

荒川から見えるもの――法蔵院と二、三軒の家。昨日まで長屋がひしめき合っていた路地も瓦礫《がれき》と化し、沈黙しています。ところどころ未練がましく煙をはいていました。焦土の熱気、うつろな人々。蜃気楼《しんきろう》の世界にしても疲れ果てたむごすぎる世界でした。

法蔵院をぬけると隣家の富岡さんのお宅だけ目に入りました。

「わが家は……!?」

無意識のうちに足が走り、私をせかします。見たくない。けれど見なければならない。凝《ぎょう》視《し》したそこは嘘の世界かと思われました。ヒノキの門。緑の茂る屋敷。ずっしりとした瓦屋根の母屋《おもや》。すべてが黒い燃えかすとなり、灰色の煙を吐くのみ。くやしくて、くやしくて目頭が熱くなりました。身も心も崩れそうです。しかし、疲れた身にむち打って、夫と安雄を捜しに出たのです。

小台橋付近、熊野前神社、尾久警察署、八幡神宮。心あたりをすべて歩きましたが、消息はつかめません。重い足どりで屋敷に向かったころは夕闇が迫り、風がしみるようでした。前方に長身男性の後ろ姿。夫でしょうか？　うつむき、丸くなった背中は別人のようです。

「おじいちゃん!!」

精一が抱きつきました。ああ、まぎれもなく夫です。言葉も出ず、ただ頭をたれるばかりでした。

「無事だったか……。もう会えないかと思ったよ」

その一言がなによりも温かく感じられ、こみあがる感情を抑えることができません。涙がとめどなく落ちるのです。その時、腰のあたりを小さな手がたたきました。

「おばあちゃん、泣かないで。精ちゃんが大きくなったらお家を建ててあげる」

それは精一の手だったのです。なんとけなげなことを言うのでしょう。彼を抱きしめ、我を忘れて泣いてしまいました。

「精ちゃん……。ありがとうよ……、精ちゃん……」

思い切り泣き、自分を取り戻した頃、

「そうさな、家はまた建つさ」

夫がひと言、つぶやくように言いました。

翌日、安雄の無事も確認できました。あれほど執拗な空襲にあいながら家族四人、無傷であったことに幸せを感じておりました。しかし、その幸せもつかの間、精一は四月一三日の空襲以来、体力が衰えていたのでしょう。微熱《びねつ》が続くようになり、お医者様からいただいた薬を服用しても快方に向かいません。赤い頬の精一を見るにつれ、不安が募ります。

五月二九日、駒込の病院でジフテリアと診断され、六月一日、世を去りました。美代子に知らせる間もありません。奇《く》しくも誕生日、その日に……。

「おばあちゃん、泣かないで」と言ってくれた幼い孫、精一の言葉にどれほど慰められたことでしょう。なのに私にできることは、「ごめんよ、精ちゃん。今度は戦争のない時に生まれてきてね」と謝ることだったのです。

不幸は仕組まれてくるものでしょうか。

六月一六日。武雄戦死の訃報《ふほう》。彼は丙種《へいしゅ》合格の長男です。死を覚悟の出征だったのでしょう。美代子にそっと髪の毛と爪を残し、子どもを頼み、出征していきました。それきり異国の土となったのです。

この時、夫が初めて涙を流しました。

「親よりも先に死ぬ奴があるか……」

固く拳《こぶし》を握り、肩をふるわせる後ろ姿。それは誇りを捨てた弱々しい父親の姿でしかありませんでした。

そのころ、私たちは三包の青酸カリを懐中《かいちゅう》に納《おさ》めました。本土決戦が取りざたされ、いざという時の決心を固めたのです。

続いて八月九日。四男時雄戦死の訃報。軍服の背、左脇に直径一センチほどの弾痕《だんこん》。痛々しい血痕《けっこん》。熊本で機銃《きじゅう》掃射《そうしゃ》の襲撃にあったのです。

五人の息子のうち、彼が一番頑健《がんけん》でした。おのれを信じ、天皇を信じ、勝利を信じ、自ら陸軍を志願したのです。

「お国のため働いて参ります」

「万歳、万歳、万歳」

勇ましい万歳三唱と武運長久《ぶうんちょうきゅう》を祈る旗に送られました。あの勇躍《ゆうやく》たる出征に、誰が訃報を信じられるでしょう？　涙さえ出ません。しかし、その晩、夢を見ました。軍用車に乗り、指揮を執《と》る彼。後ろから精悍《せいかん》な機体の機銃掃射が彼を狙います。

「危ない、時雄、危ない！」

全空間に鮮血が散ります。

「ううっ……」

「時雄、時雄！」

「かあさん」

突然、目が覚めました。胸がかきむしられるようです。心臓が痛いほど波打ち、破れないのが不思議なくらいです。一時でも付き添ってあげたかった。痛みをわかちあってあげたかった。なのに……。無言のまま、小さな白木の棺に骨を残し逝《い》ってしまいました。

二人の息子の命が鴻毛《こうもう》のように散ってしまいました。玉砕《ぎょくさい》の続く戦況。絶望的です。

「ここまできたのだ。勝たなければ何のための戦争だったのだ」

答えのない自問自答。怒りと悲しみの毎日でした。

一週間後、一九四五（昭和二〇）年八月一五日。

日本は突然〝終戦〟という形で敗戦を迎えました。

戦後三六年、私たちはかつてない繁栄を築きあげています。繁栄と享楽《きょうらく》。一見、日本の傷は癒《い》えたかのようです。戦争……昔のこと。いいえ、あなたの内側をみてください。深い傷がぱっくりと口をあけているでしょう。落涙に疼痛《とうつう》を覚えていませんか。それを華やかさで覆《おお》い隠し、現在をよしとしてはいませんか。それでよいのでしょうか。この傷は日本人の傷です。

自分自身、孫、曾孫、皆が負わされた傷です。

どうぞ負わされた傷——責任をもう一度確認し、熟考してください。そう思いつつ、八八歳の隠棲《いんせい》している私が語りました。

〔後記〕この話は曾祖母、祖母、母の体験をもとにまとめました。戦争は徹底した二面性、個人の抑圧の上に行われているのだという気がします。文中、このようなことを表現したかったのですが……。やはり女体験記、感情中心となってしまいました。後悔はいろいろありまず。けれど、これほど一つのことに真剣になったのは初めて。曾祖母も祖母も母も満足してくれたみたい。もちろん私も。充実感でいっぱいです。

（担当教諭／小野田　明理子）

幸福の崩壊

金三津　千晶
（2000年度）

三月九日。

その日は風が強かった。

嫌な風だなと誉子《たか》は思った。生暖《なま》かい風は人を不快にさせる。

誉子は今年で二〇歳になる。元は銀行員だったが、今は軍需工場に勤めている。

家に帰るとなぜか母がいた。手には大きなリュックを持っている。中には、米や餅など食料品がどっさり入っていた。

「どうしたの、お母さん」

母は弟妹たちと一緒に疎開《そかい》先の長野にいたはずだ。怒ったような顔で母が言った。

「あなたたちのことが心配でようすを見に来たのよ。それより二人とも、中野に行かなかったでしょう。あれほど言っておいたのに」

中野に母のいとこの家があるのだ。これからのことを相談するので、必ず行くようにと言われていたのだった。

「つい、行きそびれちゃって」

「母さん、これから中野に行くから。だからいっしょに来なさい」

結局、中野には母、姉、誉子の三人で行くことになった。いろいろな用事があるので、二、三日泊まってくるつもりであった。

誉子の一家は五日前に家に焼夷弾《しょういだん》が落ち、焼け出されたばかりである。家は全焼したが、幸運にも家族はみな無事だった。そこで一家は、遠い親戚にあたる飯島家に居候《いそうろう》させてもらっている。それまで会ったこともなかった人の家に泊めてもらうのは気をつかう。だから母と親しい親戚の家に移ろうと考えていたところだった。その家が中野にあるのだ。

家は無くなってしまったけれど、家族は無事だし、親類の人たちもとてもよくしてくれる。出征《しゅっせい》家族をなくした人も多いと聞く。誉子は今の自分は確かに幸せだと固く信じていた。

ところが――

その夜、東京に空襲警報が鳴り響いた。しかし、誉子は目を覚まさなかった。一度寝入ったらなかなか起きない性質なのだ。寝起きも悪い。誉子が起きたのは姉の声のせいであった。

「誉ちゃん、見て。空が燃えとるよ」

姉の指差す方を見てみると、空が真っ赤に染《そ》め上げられていた。

「あれ、新宿の方だよ。凄《すご》い色だねえ」

二人とものんきなものだった。空襲警報が鳴るのだって最初は怖くて仕方がなかったけれど、毎日のことですっかりなれっこになってしまっていた。自分のところが大丈夫だとわかると、誉子はすぐに寝入ってしまった。


三月一〇日。

誉子は朝に弱い。起きた時にはもうすっかり日は高く上っていた。

居間に行くと、母がいた。そのただならぬようすに驚いた。母の顔は真っ青で眼は虚《うつ》ろだった。母は誉子の顔を見ようともせずに言った。

「昨日のね。やられたの深川だったんだって。たくさんたくさん落ちたんだって」

まさか！　しかし母の口調からそれが嘘でないことはすぐにわかった。深川には父が残っている。それに今お世話になっている飯島さん夫婦とその娘さんも。

ここから深川まではかなり離れている。それなのにあの空の赤さ。余程大きな被害が出たのだろうか。皆は無事だろうか。誉子はいてもたってもいられず、母と姉を連れて、家の周辺まで行ってみることにした。飯島さんの家は隅田川の近くだ。

しかし、川の側まで来ても町に爆撃の跡は見当たらなかった。実は大したことなかったのかしら。誉子はそう思った。あの橋を渡れば飯島さんの家はすぐそこだ。

そのとき、橋の方から異様な人たちが来るのを見た。ぼろぼろの防空頭巾《ずきん》を被《かぶ》ったその集団は衣服も千切《ちぎ》れていて、乞食のようだった。すれ違う時に見た彼らの顔は生気がなく、無表情だった。顔は煤《すす》け、目の下が黒く焼け焦《こ》げており、誉子はぞっとした。

だが反対側の岸が見えたとき、誉子はおびえることも忘れ、ただ呆然とした。川一つ隔《へだ》てただけなのに、そこは異世界だった。建物が一つもない。すべてが焼けていた。

川岸を見ると、たくさんの船が燃えている。その脇には無数の黒い点が浮いている。目を凝らしてみると、点にしか見えなかったものにわずかに手足のようなものが見えた。あれは全部、人の死体だ。誉子は目をそらし、なるべく見ないように努めた。姉が、

「川に飛び込んだはいいけど、背中の荷物が水を吸って溺れたのかな」

と言った。確かなことは判らなかった。

「帰ろう」

突然、母が言った。

「こんな所にお父さんいるわけないじゃない。きっと無事で中野に行っているわ。このままじゃ入れ違いになっちゃう」

誉子もここに父はいてほしくないと思った。しかし、父は生きていると言い切る母の姿はひどく痛々しく見えた。母が帰ると言ってきかないので、母と姉は先に中野に戻ることにした。誉子はもう少し皆を探して見ようと思い、一人で残った。


とりあえず、飯島さんの家まで行ってみようと思って歩き出したが、何もかもが焼けてしまったので、いま自分がどこにいるのかさえ定かではなかった。やっとの思いで近所にある洋品店の跡まで来ると、マネキンが黒焦げになっていた。あまりに数が多いので妙だった。よく見ると、それらもやはり死体だ。誉子の周りは死体だらけだった。「助けて」とでも言うように誉子に向かって手を伸ばしている。途端に足がすくんで一歩も動けない。誉子は死体たちの真ん中で立ち往生してしまった。

その時、男の人が通りかかり声をかけてくれた。誉子はその人につかませてもらい、目をぎゅっとつむって歩いた。初めは死体のわずかな隙間《すきま》を歩いていたが、それでは上手く歩けず転びそうになる。仕方がないので、大股《おおまた》で死体を跨《また》いで進んだ。もう失礼だとか、怖いという気持ちはなくなっていた。無心で歩いた。

どうにかして飯島さんの家まで着いたが、やはり何も残ってはいない。昨日までお世話になっていた家は跡形もなかった。短い間とはいえ、住んでいた所がなくなっているのは寂しい気持ちがした。さてこれからどうしようかと途方に暮れていると、

「誉子ちゃん」

後ろから声がした。振り向くと黒い男が駆け寄ってきた。その声には聞き覚えがあった。

「飯島さん」

誉子は思わずそのかたわらに父の姿を探した。しかし影は一つしかない。

「よかった。無事だったんですね。お父さんたちは?」

「わからない。助かったのは私一人で、他の皆は行方不明だ」

飯島さんの話によると、父と飯島さんは奥さんと娘さんを先に逃がし、ぎりぎりまで家を守ろうとしたそうだ。しかし努力空しく家が燃えてしまい、逃げようとしたその時に人波に呑まれてはぐれてしまった。飯島さんは海岸まで走り(家から駅二つ分も離れているのだ!)、なんとか助かったと言う。

それから何日も誉子たちは父の姿を求めて焼け跡を歩き回った。その惨状や飯島さんの話か

らも父が生きている可能性はきわめて低かった。それでも探さずにはいられなかった。歩きながら飯島さんは、ぽつぽつと語り始めた。

父は、母が田舎から持ってきたリュックをずっと背負っていたのだと言う。何度も捨てろと言ったがきかなかった。父らしいと誉子は思った。そういう人なのだ。だが父は気管支が弱かった。すぐに煙に巻かれて動けなくなってしまい、仕方なく父を置いて逃げたそうだ。

話しながら飯島さんはすまなかったと何度も頭を下げた。

誉子はそれを聞いても彼を憎む気持ちにはならなかった。自分が同じ状況にいたら、やはり逃げただろうと思う。一緒にいたら、二人とも死んでいただろう。飯島さんも身内をなくしているのだ。奥さんと娘さんは結局、見つからなかった。

飯島さんの奥さんは九日に母と一緒に疎開先の長野から帰ってきたばかりだった。聞けば、家に帰るのを非常に嫌がっていたそうだ。「死にに来たようなものだね」と、母は言った。

自分ではどうしようもない大きな力が誉子たちを動かしているのを感じた。

日数が経つと、焼け跡には兵隊らしき人が大勢来て、死体の回収を始めた。トラックの荷台に死体をまるで物のように、ぼんぼん積み上げていく。あの中に父がいたら大変だと、誉子はじっとそのようすを見つめていた。また道端にある防空壕に多くの死体が、みっしりと詰まっていた。それらは外側にいた人は黒焦げているのに、内側にいた人たちはピンク色をしている。おそらく入ってきた人の数が多すぎたので、奥の人は蒸《む》し焼きになってしまったのだろう。その顔には苦悶《くもん》の表情がはっきりと見て取れた。

そういえば……誉子は前日に見た親子の死体を思い出す。あの死体も母親だけ黒く変色していて、母親の下にいた赤ん坊はきれいなピンク色の艶やかな皮膚をしていた。まるでその姿はキューピー人形のようだったっけ……そこまで考えて誉子は、はっとした。こんな残酷なことを普通に考えている自分が恐ろしくなったのだ。

父が見つかったのは、だいぶ焼け跡も片付いてきた頃である。多くの人がもう見つからないだろうと諦めかけていた。が、姉と誉子だけが二人で一生懸命探し続けた。せめて遺体だけでも見つかってくれたら。そんな心境だった。

死体の片付けも終わりに近づいてきて、トラックの数もめっきり少なくなってきた。その時、トラックの荷台の上に見覚えのある顔が見えたような気がした。

「お父さん!?」

父の遺体はそのあたりに落ちていましたとでも言うように、ちょこんと乗っかっていた。周囲の人々が口々に話しかけてくる。

「見つかったんですか。おめでとうございます」

「良かったですねえ」

よく考えたら身内が亡くなったのに「おめでとう」とは妙な話だが、遺体が見つかっただけでも奇跡的であった。

実際、誉子もそんな言葉は気にならなかった。見つけたという安堵《あんど》感から呆然としてしまったらしい。それは姉も同じで二人は周りの人のなすがままにされていた。

「家まで運ぶのは無理だから、ここでお骨にした方がいいよ」

「……はい」

他にも死体を焼いている人が何人かいた。

あっという間にやぐらが組まれ、父の遺体が乗せられた。そこに姉が火を点《つ》けた。燃料が木だけなので、くすぶるだけでよく燃えない。その上、父の遺体はほとんど焼けていなかったので、完全にお骨にするには一〇時間以上かかった。二人はその間立ち尽くすばかりであった。

不思議と辛くはなかった。どうしてこんな状況で自分は平気なのだろう。誉子は考えた。そして思った。自分はもう昔の自分ではない。時代と共に自分も変化している。この悪環境を当たり前に感じることを誉子は悲しんだ。自分をこんな風にしてしまったのは誰なのか。それは戦争。

そこまで考えて、今まで泣かなかった誉子が涙を流した。燃えている、かつて父であったものが、ぼやける。やがて、それは優しかった父の姿に変わっていった。

〔後記〕この文章は、私の大叔母にあたる誉子《たか》おばさんの話をまとめたものです。いつも上品で朗《ほが》らかなおばさんは、このような悲惨な体験をしているとは、まったく感じさせない人なので、この聞き書きをした時は本当に驚きました。

おばさんの話は、表面的には怒りや悲しみなどはなく、淡々としたものでした。しかし、それはかえって戦争の怖さ、戦争はいつでも私たちの平和な日常の上に存在しうるのだということを、あらためて私に感じさせてくれるものでした。

（担当教諭／小野田　明理子）

消えない傷

杉山　絵梨
（2004年度）

太平洋戦争が始まった一九四一（昭和一六）年、啓子は当時一〇歳、国民学校の四年生だった。家は浅草の松永町。すぐ近くに上野公園があった。家族は父洋二と母美佐子、啓子を入れて七人きょうだいの九人家族で、啓子はその一番上だった。

その頃は、徐々に生活統制が厳しくなってきていたが、まだあまり戦争というものの実感がわかなかった。はっきりと戦争の怖さを知ったのは、翌年四月、初めて受けた空襲の時である。

その後、空襲が頻繁《ひんぱん》になるにつれ、どんどん生活は厳しく、食べ物の配給は少なくなっていった。配給だけでは足りず、母の美佐子は千葉まで電車に乗って芋やかぼちゃなどの買い出しに出かけていた。しかし、駅で見つかれば、たちまち食べ物は没収されてしまう。実際、そんなことも一度や二度ではなかった。電車に乗っている途中で空襲に遭《あ》う危険だってある。それでも、おなかをすかせている子どもたちのことを思うと、行かないわけにはいかなかった。

啓子も女学校に上がってからは、近所の人たちと一緒に買い出しに行った。大変だったが、食べ物が買えた分、啓子の家はましなほうだった。貧しい家では、買出しに行くこともできない。ひとたび町に出てみれば、栄養失調で体が白くむくんだ子どもをあちらこちらで見かけるのだった。

一九四四（昭和一九）年、啓子は女学校に進学した。しかし、すでに学校内も半分作業所のようになっており、一年生でさえも授業もそこそこに、作業をさせられた。といっても危険なものではなく、国の功労者に与えられるたばこの、菊の紋章《もんしょう》入りの箱の目張《めば》りをする、というものだったが。それに比べて二年生以上は遠くの工場まで先生に引率されて勤労奉仕に行くことになっており、作業も機械の組み立てなど、ケガの危険を伴うものだった。そして学校に行くのは週に一回程度。もう勉強なんてほとんどできなかった。

勉強できないのは残念だったが、毎日友達に会えるのは心の支えだった。作業場には監督がいて、仕事中にうるさくしていると怒られもしたが、友達とおしゃべりをしている時はいろんなつらいことも忘れることができたものだった。

しかし空襲が重なるたびに啓子のまわりでも、家族が亡くなったり家が焼けたりした人が増え、否応なしに不安は高まっていくばかりだった。そんな不安な日々の中、その日――一九四五（昭和二〇）年三月一〇日はやってきたのである。

やかましい空襲警報の音で、啓子は目を覚ました。あたりは真っ暗、まだ真夜中なのに空襲なんて……こんなことははじめてだった。

「啓子、常男を起こして、用意しなさい」

母はすでにリュックの中を確かめ、小さい子どもたちに頭巾《ずきん》をかぶせていた。あわてて啓子も隣りでまだぼおっとしている常男を立たせて頭巾をかぶせた。

「みんな、母さんにちゃんとついて行くんだぞ。今日のは、なんだか大きそうだ。母さん、頼んだよ」

そう言って、父は消防団の防空活動に出かけて行った。四五歳という年齢のため徴兵《ちょうへい》されなかった洋二は、そのころ人手が足りなくなっていた消防団に入っていたのである。

「ほら早く出てちょうだい、啓子、夕子と常男を連れてきて」

美佐子にそうせかされ家を飛び出した啓子の目に映ったのは、まるで黒い雲のような、こちらに向かってくるB29の大編隊。なんだかいつもよりも低いところを飛んでいるような気がした。

その数に圧倒されて、啓子は思わず立ち尽くしてしまった。何度も空襲を受けていたが、こんなにたくさんの爆撃機を見たのは初めてのこと。たちまち恐怖が襲ってきた。

「啓子、何してるの！」

美佐子の声で啓子ははっとしたが、母の姿を見つけて思わず言った。

「えっ、おかあさん、そっちじゃ……」

美佐子は父と決めていた避難場所である上野と反対方面に向かおうとしていたのである。

「早くしなさい！」

「姉ちゃん！」

常男に手を引っ張られ、あわてて啓子は走りだした。

「離れるなってお父さんに言われたばっかりでしょう」

「でも……」

「いいわね」

美佐子はそう言うと、啓子の返事を待たずに逃げていく人の波に入っていった。母を見失わないよう、啓子も急いでその後に続いた。

小柄な啓子は、押しつぶされないよう必死だった。人の頭と地面しか見えない。あたりは真っ暗で、もし転んだりしたら、たちまちはぐれてしまいそうである。

と、突然、ザーッという音がして、今まで真っ暗だった空がいきなり赤くなった。焼夷弾《しょういだん》が落とされ始めたのだ。あちこちから悲鳴や子どもの泣き声が聞こえ、あたりは一気にさわがしくなった。

「外にいると危険だ、防空壕《ぼうくうごう》に逃げろ！」

そう言って、近くの防空壕に駆け込んで行く人もいた。空から雨みたいに降ってくる爆弾を見て、啓子も防空壕に入ったほうが安全なんじゃないかと思ったが、美佐子はどんどん先に行ってしまう。呼び止めるわけにも行かず、啓子もそのまま後を追った。

（しかし、この判断は正しかったのである。このとき防空壕に入った人の多くは、そのまま中で蒸《む》し焼きのようになるという悲惨な状況に追い込まれたのだった。美佐子がそのようなことを考えに入れて行動していたのかどうかわからないが、もしも防空壕に入っていたら、死の危険が高かったのは事実である。）

あたりの混乱はどんどん激しくなっていく。B29の数も投下弾も今までに経験したことのない多さで襲ってきた。どこかの家のトタン屋根が飛んでくる。飛行機が火の雨を降らせるたびにそれがズブズブと家や道や、人に突き刺さる。落ちた焼夷弾は火を噴《ふ》き、熱い油脂《ゆし》を撒《ま》き散らしながらどんどん周りのものを燃やしていく。風は竜巻《たつまき》のように吹き荒れ、火の粉が舞った。おぶっている妹は大泣きしている。啓子も次々と火の手が上がる中を逃げながら、恐怖で胸が締めつけられるようだった。歯を食いしばって走った。泣きたかった。

ひときわ大きくザーッという音がしたかと思うと、啓子たちが逃げていく道に降ってきた。サッと啓子の真横を一発が通り過ぎ、ブスッと地面に突き刺さった。その焼夷弾がふき出した熱い油脂が頬にかかった。あわててそれをぬぐうと、おぶっている妹の頭に火の粉が飛んで、髪がちりちりと焼けているのに気づいた。さっきから泣いていたのはそのせいだったのだ。でも幸い、火はもう消えているようだったのでそのまま走った。このときの啓子にはこれ以上、背中の妹を気にかけている余裕はなかった。

悲鳴や叫び声があちこちから上がった。必死で家の火を消そうとしている人もいたが、火は強い風の力を受けてどんどん燃え広がっていった。

秋葉原を過ぎ、人の波はさらに御茶《おちゃ》ノ水のほうへと押し寄せていく。いつも見慣れている神田川が、赤い空を映し出して赤く染まっているようである。川からの熱い風がもわっと顔にかかり、その水が熱くなっていることが感じられた。

家を出てから数十分、いつもならなんてことのない道なのに、もうずい分歩いているような気がした。と、その時、

「あっ、靴が」

と声がして、常男の手の感触がなくなった。

「つねちゃん⁉」

あわててあたりを見回したが、暗くてよく見えない。子どもの泣き声が聞こえるが、どこで泣いているのか、それが常男なのか全くわからない。

「つねちゃん、つねちゃん、どこ！」

ここではぐれてしまっては、どうなるかわからない。啓子は必死で声を張り上げて探した。どのくらい経っただろうか？　数十秒か数分か、啓子にはとても長く感じられたが、突然、自分のもんぺのすそをつかんでいる手に気がついた。

「つねちゃん！」

ぐっと立ち上がらせると、常男は顔を泥と涙でぐちゃぐちゃにして泣いていた。

「何で手を離すの！」

思わず大きな声が出た。

「だって、靴、脱《ぬ》げちゃったんだよお」

「はぐれちゃったらどうなるかわからないんだから！」

自分でそう言って、啓子ははっとした。もし今、常男がはぐれてしまったままだったら……、さっきだってそうだ、もしあの一発がもう少しずれていたら……。自分たちは、いつ死んでもおかしくない。そのことが実感として啓子の心につきささった。恐怖感はもうなくなっていた。今はただ前に進むだけだった。

しばらくして、御茶ノ水駅が見えてきた。ここが人の流れの終着点になっているらしく、いろいろな方向からどんどん人が集まってきていた。

駅の前はひどい光景が広がっていた。子どもが血を流し、うめきながら倒れている。生きているのかどうかもわからないような人が転がっている。全身にやけどを負って、水を欲しがっている人もいた。しかし、誰も人に分けてあげられるような水は持っていないのだ。啓子はそんな光景を目にしながら、黙々と母の後を追った。

ふと、啓子は自分の家の方向を振り返った。上野のほうは、空が真っ赤である。中央大学が臨時に避難先として開放され、啓子たちはそこに避難して夜を明かした。みんなで座り込み、しばらくは目を覚ましていたが、疲れていた啓子は知らないうちにコンクリートの上に寝てしまっていた。一晩の間に顔は汚れ、服も靴もぼろぼろになっていた。

（……生きてる……）

あくる朝、目を覚ました啓子は、自分が生きているということが信じられなかった。しかし、時間がたつにつれ、だんだんとその実感がわいてきた。嬉しかった。

中央大学は臨時の避難先であったので、食事を受け取るためにすぐ近くの淡路小学校に移動した。そこでは五日間一日二回のおにぎりと味噌汁をもらえることになっていた。しかし、その後の面倒はみてもらえない。五日間の間に焼け出された人々は何とかして次の避難先を見つけなければならないのである。

啓子は一刻も早く父に会いたかったが、街を歩いて来た人の話だと、まだくすぶっているところもあるということで、小さい兄弟のことを考えると、もう少しここにいたほうがよさそうだった。避難所の中ではどこそこがひどかったらしいとか、あそこは燃えなかったとか、昨晩の空襲についての情報が飛び交っていたが、正確なことはわからなかった。

（その後にわかったことは、つぎのようなものである。

三月一〇日東京大空襲――午前零時過ぎから約二時間余にわたる爆撃。

B29爆撃機二七九機。投下された爆弾、油脂焼夷弾一六六五トン。江東区、墨田区などが特に大きな被害を受けた。死者の数、推定一〇万人以上。最も人的被害の大きい空襲であった。）

被害を受けた地域はだいたいが焼け野原となってしまったが、啓子たちが逃げてきた秋葉原―御茶ノ水地域はまだ建物が残っており、結果的に、啓子たちの逃げてきた道は、最も安全なルートだったのである。

もちろん、そのことはだいぶ後になってわかったことなのだが、それにしてもなぜ母が上野方面でなく、御茶ノ水方面に逃げたのか、啓子には不思議でならなかった。当時、美佐子は毎週、御茶ノ水にあるニコライ堂に礼拝に行っていて、道をよく知っていたからかとも思ったが、それは上野公園にしたって同じことだった。とにかく、あの時の母の決断が自分たちの運命の分かれ道だったのだと思うと、「お母さん、すごい!!」という気持ちになると同時に、自分たちだって一歩間違えば死んでいたかもしれないのだとあらためて感じ、ぞっとした。

「死者の身元確認のため、一家族につき一人来るように」

という伝達が啓子たちにまわってきた。美佐子は赤ん坊の世話をしなければならない上、なんだか耳が痛いといって、とても行けそうになかったので、啓子が行くことになった。

広場には、一面に遺体が並べられ、焼夷弾とガスの臭《にお》いが混《ま》ざったものすごい悪臭がたちこめていた。遺体は丸焦げだったり手足がなかったり、内臓が出ていたり……。一三歳の少女には耐えがたいものであったが、啓子はぐっとがまんして知っている人がいないか探した。しかし一つひとつ見ていくなどとてもできず、しかも遺体のほとんどがガスで顔が変形していたので識別は不可能だった。知っている者がいればその名前を書くように言われたが、結局、それらしい人はなく、啓子はそのまま避難所に戻った。

三月一一日の朝になった。避難所には五日間しかいられないとあって、人々はそれぞれに動き始めていた。啓子たちもまず父に会おうと、自分たちの家に向かった。空襲で逃げてばらばらになっても、とにかく家に帰ってこようという約束を家族で交《か》わしていたのである。

歩いていくと、秋葉原にさしかかったあたりから、一気に視界が開け、思わず皆が息を呑んだ。目の前が焼け野原となってしまっていたのである。被害が大きいと聞いてはいたが、こんなになってしまったとは！

「……こっちよ」

美佐子に促されて、みんなはそろそろとまた歩き始めた。建物がないせいで家のあるあたりまでがとても近く感じられ、不思議な気がした。ところどころに残っている焼け落ちた看板や家を頼りに松永町へと進んでいく。

おそらくこの辺だろうという場所についた。案の定、家があった一帯は全焼。啓子たちの家も丸焼けになっていた。覚悟はしていたものの、やはりショックでしばらくみんな黙って焼け跡に立っていた。と、その時である。啓子はむこうから歩いてくる洋二の姿を見つけた。

「お父さん！」

思わず叫んだ。燃えてしまった家を見て、「お父さんももしかして……」という不安がその瞬間、ぱっと晴れた。

大声で呼ばれ、洋二も啓子たちに気づいたようだ。が、何か様子がおかしい。

「どうしたの⁉」

駆け寄って見ると、目のまわりが赤くはれ上がっていた。消火活動中に、火の粉がもろにかかってしまったのだという。驚き心配する家族に、

「大丈夫、すぐ治るよ。それより、みんな無事でよかった。……本当によかった」

そう言って、洋二はふところからお札《ふだ》を取り出し、

「これも神様が守ってくださったんだ、ありがとうございます」

と拝《おが》んだ。いつもはあまり神様なんて信じない啓子も、なぜか今日は自然に手を合わせる気持ちになっていた。

その後、まだ消防団に残らなければならないという父を残して、一家は洋二の故郷である滋賀の大野木へ向かった。

しばらくして、集団疎開していた二人の弟たちも合流し、田舎での生活が始まった。しかし、田舎でも食料は豊かではなく、いつもおなかを減らして働かなければならなかった。美佐子は、空襲に遭《あ》って以来、痛いといっていた耳がよく聞こえなくなってしまい、啓子はそんな母を気

遣いつつ、弟や妹たちの世話もしなければならなかった。

四月になったある日、東京から知らせが入った。父が召集されたというのである。いまさらどうして！　なんで！　そんな思いが駆け巡り、悲しみと不安で胸がいっぱいになった。涙があふれた。美佐子も泣いていた。けれど、いつまでもめそめそしているわけにはいかない。きっと無事に帰ってくると信じて、必死に働く日々が続いた。

啓子たちは、八月一五日終戦の日をそんな中で迎えた。戦争が終わったことは嬉しかった。しかし、戦争が終わっても生活が楽になるわけではなく、啓子も再び女学校へ通うことは出来なかった。家族が集まる時といえば夕食ぐらいで、あとは毎日疲れていて互いに話すことも少なかった。そして――

洋二はとうとう帰らなかった。その死の知らせが届いたのは、三年も経ってから。「ピョンヤンの病院で病死」ということだった。「お父さんは帰って来る！」そう思って頑張ってきたのに――。

父の死の知らせを聞いた時、啓子の心には悲しみよりも憎しみの気持ちが強かった。裏切られた気がした。父が憎くて憎くてしかたがなかった。私たちがこんなに苦労しているのに、なんで先に死んじゃうんだ！　先に死んだほうが、空襲のとき死んでしまったほうが楽だった、とすら思った。毎日毎日仕事でくたくたになりながら、どうして私ばっかりと、泣きたくなることもあった。

啓子の頬に赤黒いあざのようなものが出てきたのは、田舎に来てすぐのことである。母は何も聞かなかったが、恐らく空襲で逃げる時、顔にかかった油脂《ゆし》が原因だろうと啓子は思った。あざは一年間も消えず、薬もないので、母は毎日きゅうりの汁をしぼって湿布《しっぷ》をしてくれた。ようやく消えてからも、その後何十年間、疲れていたり具合が悪かったりすると決まってそれは浮かび上がってきた。まるで、空襲のことを忘れることの出来ない啓子の心を見透《す》かしているかのようだった。

そんな啓子にとってせめてもの救いは、母があざに気づいても決してあれこれ言わなかったことである。

そのあざと同じように啓子につきまとったのが、一面に並べられた遺体のゆがんだ顔――その中に兄弟や自分の顔があって、ウワーッと叫んで飛び起きる、そんなことが、毎年三月一〇日が近づくと、必ずといっていいほど起こった。そんな時も母は何も言わずに、啓子が寝つけるまでじっとそばについていてくれるのだった。

日常的にも、空襲のことが話題にのぼることは一度もなかった。啓子には、あざが出たり、夢にうなされたりする自分を気遣ってくれている母の優しさがとてもありがたかった。そして話さないことは、母自身のためであることもわかっていた。だから啓子も戦争の、特にあの日のことは口にしないようにしていた。互いの心の傷に触れないことで、互いに自分の心の傷も忘れようとしていたのだ。

でも、ただひとつ、啓子には気になっていたことがあった。それは、どうしてあの時、お母さんは上野のほうへ逃げなかったのだろうということである。勇気を出して聞いてみようかと思ったことも何度かあったが、それは自分も母もあの日のことを思い出さなければならないということであり、怖くてやはり聞けなかった。

一九五五（昭和三〇）年、結局、最後までそのことを聞けないまま、母は病気で亡くなった。佐賀が故郷である美佐子は、洋二が亡くなった後、福岡に住む妹にこちらに来ないかと誘われたが、空気が悪いから子どもたちの健康に良くないと言って断った。再婚することもしなかった。一人で子どもたちを守ろうと、どんなに母が頑張っていたかということを、この時になって啓子はやっと実感したのだった。

それまで、「どうして自分ばっかり」ということでいっぱいで、一度もちゃんと母に感謝していなかったことを後悔した。そしてやはりあの時の母の決断について聞けなかったこと、それに対して何も言えなかったことが心残りだった。

「母には感謝しています。あの時の母の決断で私たちは助かったし、傷のことを言わないでいてくれたのがとてもありがたかった。でも、やっぱり戦争がなければあんな苦労も、いやなこともなかっただろうと思います。それに、戦争中は何があってもどう言うことも、どうすることもできなかった。戦争は人を狂わせてしまうんです。だから、絶対にやっちゃいけない。私は、最初はこの話をするのもいやだったんです。でも、伝えなければいけない、一人でも多く、戦争がどんなものなのか知ってもらいたいと思って、こうしてお話しているんですよ」

そう言って、松井啓子さんは、そのお話を終えられた。

空襲は、戦争は、決して一過性の災害などではない。何十年も経っても、なおその人の心に傷を残していく。いくら隅に追いやっても決して消えない、傷である。

〔後記〕身近に戦争を体験した人がいない私は、この聞き書きのために江戸東京博物館で行われた「親子で聞こう戦争体験」という会に参加した。お話してくださったのは松井啓子さんという方で、これまでにも何度かご自身の戦時体験を、このような場でお話になっているということだった。

お話を伺う前に、館内の見学、解説があった。以前にもここを何度か訪れたことがあったが、やはり体験者の方の説明があると全然インパクトが違う。目の前にある大きな鉄の塊《かたまり》――それが六〇年前の東京に降ったのだということを、初めて「知る」を越えて、「感じる」ことができた気がした。

お話にも、本などとは比べものにならない「訴える力」の強さを感じた。しんと静まりかえった部屋の中で、松井さんは何の原稿もないのに細部まで話してくださって、その記憶の鮮明さに私は驚いてしまった。それだけ戦争のショックは大きかったのだと、そこからも感じられた。

会が終わって、私がこの日のお話を作文にして良いかお聞きした時、松井さんは快く承諾してくださったあと、「今日のことは今は忘れてしまっても、いつか思い出してほしい。そして話していってもらいたい」というようなことをおっしゃった。

戦後六〇年になろうとしている。実体験者の高齢化で、それを語る人の減少は進む一方だ。そのなかで私はこのような機会に恵まれた。このことを無駄にしてはいけないと強く思う。体験者のようには強く訴えることはできないかもしれない。それでもこの戦争を語り継いでいくこと、それが私たちの世代に課せられていると思う。


（担当教諭／松本　良子）

すまないね、順子

下岡　正子
（1981年度）

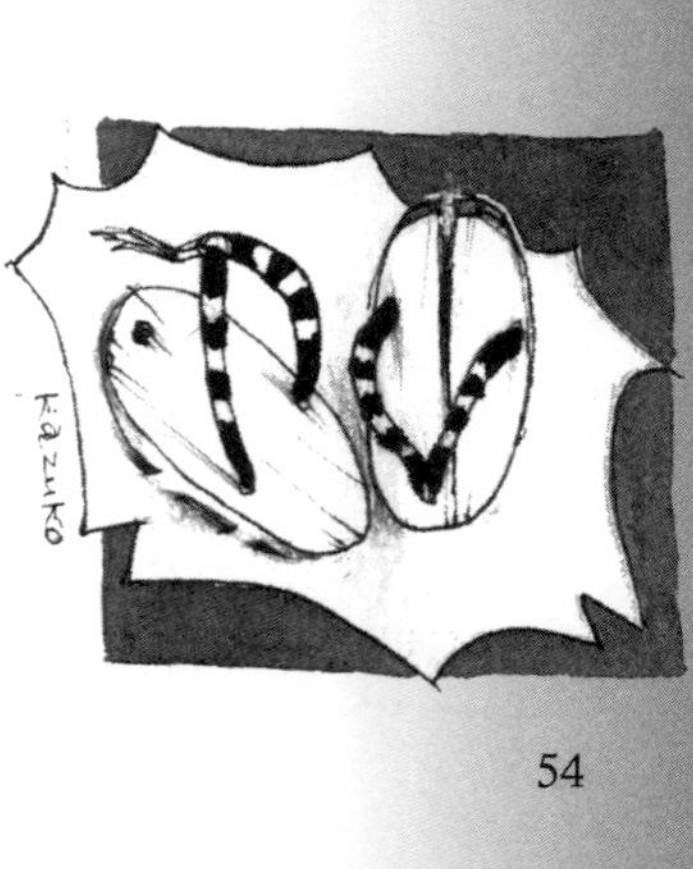

あれも順子の運命だったんだね。でも死ぬ前に、もう一度あの子に会いたいね。どうなってしまったのやら。

「あっ、お母さん。いつ来たの？」

「さっきだよ。順子、元気だった？」

「う、うん。元気だよ」

「顔色が悪いね。それに少しやせたんじゃないの？」

「そんなことないよ。楽しく学校に行ってるよ。それにみんなと仲良くなったし……」

「そう、それはよかったね」

しかしきくには、まだ小学校一年生のこの小さな子の胸の内がよく見えた。こんなにやせてしまって。この子もつらい思いをしたのだろう。やはりこの子をこんな遠くにおいておくのは無理だ。東京に、今すぐでもこの子を東京に連れて帰ろう。順子のやせ細ってしまった姿を見ると、そう思わずにはいられなかった。

きくは順子の担任に、東京に連れ戻したいということを話した。しかし、すぐに反対された。東京に連れ戻すなど危険だと言うのだ。

「お母さん、なんでわざわざ東京になんか連れて帰るのです。この千葉の成東《なるとう》にいれば、食べる物もいくらかあるし、第一安全です。もう一度考え直したらいかがでしょうか」

「いいえ、先生。転校の手続きをすぐにしてください。順子は東京に連れて帰ります」

「やはり考え直してはどうでしょうか。だんだん慣れていけば子どものことです。きっと土地の子とも仲良くなります。そうすれば元気になると思いますが。どうでしょう、お母さん」

「先生、お願いします。順子をどうしても東京に帰らせたいのです」

「そうですか。いいんですか、本当に。そんなにまでおっしゃるのでは仕方ありません。わかりました。すぐに手続きをしましょう」

東京に帰って来た順子は、とても生き生きとしていた。順子の父はこの戦争の開始を知らずに他界していた。まだ四歳の末っ子新平が、無事に育つことを祈りながら暮らす毎日だった。

きくの家はとなり組の組長でもあった。ほんのわずかな配給を一五軒の家に配ることもきくの大切な仕事だった。そんな時、成東から帰って来た順子は懸命に母の手伝いをした。その小さな手には重すぎるような物を運んだり、こまこまと走りまわったりした。

「たくさんお手伝いするから、もう田舎には行かせないで。ずっといい子でいるから東京にいてもいいでしょ」——順子の顔はそう語っていた。そんな姿を見れば見るほど、順子の田舎でのつらい日々がまぶたに浮かんできた。〝東京の子ども〟と言っていじめられたのだろう。よっぽど神経を使ったに違いない。もう二度と疎開させるのはよそう。きくは自分に誓った。

順子が戻ってきたせいか活気のあふれてきた桜田家に、三月九日の夜が訪れた。警報が鳴り響いた。

「新平、順子、よし子、早く起きて。ほら防空壕に行くのよ。さあ起きて」

きくは、幼い子どもたちを起こしながらふと考えた。戦争で大変なのは兵隊さんかもしれない。けれども一番かわいそうなのは夜もゆっくり眠れない子どもたちではないのか。いけない、今はそんなことを考える前に、早く安全な所に行かなくては。

「健治、みんな防空壕に入った?」

一八歳になる健治にきくは尋ねた。健治はこの家で唯一の男手であった。

「まだ順子が来てないよ」

「え、まだ？　いったい順子はどうしたのかしら、空襲だというのに」

きくがあわてて捜すと、順子はとなりの部屋でスースーと寝息をたてていた。

「ほら、起きなさい。防空壕に入るのよ。順子、順子」

「う〜ん、まだ寝てる」

「ほら、早く早く」

裏庭の防空壕に行くまでの廊下は少しばかり長い。まだ眠気の覚めない順子には、空襲が怖いということよりも、眠いということの方が大きかったのだ。しかしもうそんなひまはない。

「さ、防空壕へ行くのよ」

通りには浅草の方から逃げて来た人がたくさんいた。むこうの方は夜なのになんとなく明るい。防空壕には近所の人たちも来ていた。いざという時のために、新平はきくがおぶった。二四歳になる長女、智恵子の子どものよし子は健治がおぶった。順子は隣家の娘さんがおぶってくれることになった。

「もう逃げなくては」――きくは思った。何よりも命が大切。彼女らは外に出た。まわりは一面火の海だった。助からなくては、助からなくては。きくは何度もつぶやいた。たつまきのようなものが、火災のため起こっていた。家族と離れてはいけない。一緒にいなくてはまずい。が、そんな願いもおかまいなしに、たつまきは彼女らを離ればなれにさせた。

気がついたら、きくは野原に茫然と立っていた。あの火の中をどう渡ってここまで来たのかは、まったく覚えていない。背中にはしっかりと新平がいた。見てみると眠っていた。死なずにすんだのだ。きくは大切な義務を成しとげた後のようにホッとした。自分たちはここで生きている。ひとまず助かったのだ。しかしすぐ後に、別れた健治や順子のことが気になった。だが、今はどうしようもない。千葉の成東に帰ろう。

駅に行くと、成東行の列車は一晩経たないと来ないということだった。休んでいると、まわりに蚊がいっぱい寄ってきた。追い払っても追い払ってもやって来る。まるで不幸のようだ。ほっとして乗り込んだ列車は違う方面に行く列車だった。仕方なく貨車で行き、成東までの一里の道を疲れきった体で歩いた。頭をかすめるのは、消息のわからない健治と順子のことだった。背中の新平があまりにも静かなのでそっとのぞいてみた。よく眠っている。ああ無事でよかった。みんな生きていてね。お願いだよ。

成東にやっと着いた。健治と背中にいたよし子も無事だった。しかし順子は戻って来ない。一日たっても二日たっても、一週間たっても順子は戻って来なかった。東京の家へ帰った。あるのは死体だけ、近くに住んでいた親子三人が並んで死んでいた。まっ黒にこげているのではなく、変な、人間の原点に戻ったような膚《はだ》色をしていた。それがかえって不気味だった。そこで運よく近所の人に会えた。

「桜田さん、お宅は大丈夫でしたか」

「えー。でも順子が帰って来ないんです」

「火の中で順子ちゃんをおぶっているお隣の娘さんを見た人はいるんですが……。そうですか。帰って来ないんですか」

きくの目に映るのは死体だらけの通りだった。その死体をまるで物体を扱うように掘った穴に入れて、その上に土をかぶせていた。川や池も死体ばかりだった。ああ、あの中に順子がいるのだろうか。池の中に順子は眠っているのだろうか。無事でいてほしい。いや無事でいなくてはいけない。あの子はこれから生きていかなくてはいけないのに。まだ一年生だ。生きていなくてはいけない。

そんな望みも何日かたつにつれ消えた。きくはいつまでも信じていたかったが、時間というものが許さなかった。もう無理だろう。あまりにも熱いので、池にでも飛び込んでしまったのかもしれない。ああ、あの時、みんなで一緒に逃げれば順子だけ苦しませなくてすんだのに。ああ、浅草の人が逃げている時に一緒に逃げれば無事に逃げられたのではないか。

あのまま疎開させていれば。ああ、あんなによく手伝ってくれたのに。なんてバカだったのだろう。いくら順子がかわいそうだからと言って、死んでしまってはどうしようもないのに。でも、あの時はどうしようもなかったのだ。順子の疎開は苦しすぎたのだから。いや、でも少々苦しすぎても安全な所にいた方がよかったのではないか。……順子、すまないね。

三七年たった今でも、あの時と同じ考えだね。戦争でいちばん苦しむのは子どもや女たちだよ。あと一回でもくり返したら、人間はおしまいだね。順子のことは、そうだね、それもあの子の運命だったのだと思っているよ。

〔後記〕この順子さんというのは、私の父新平のお姉さん。生きていれば私のおばさんになるはずの人です。この文中のきく、つまり私の祖母は、私の顔を見るたびに、「正子は本当に順子にそっくりだね」と言います。祖母だけでなく、おじやおばもそう言います。そんなことを言われると、私も順子さんの生まれかわりなのかな、と思うし、その気になってきます。

戦争について書くことになった時、ふと順子さんについてもっと知りたくなり、祖母から話を聞きました。祖母にとっては苦い体験、話すことを拒《こば》むかと思ったら、いろいろと快く話してくれました。祖母も最近まで戦争の話やフィルムを見るのがすごくいやで避けていたそうです。近頃はなるべくむごさを知ってもらいたいと思っているそうです。

話しながら私を見つめる祖母のまなざしは、いつのまにか順子さんと私をだぶらせていました。私は二人分生きなくてはいけないのです。私の花嫁姿を祖母が見る時、順子さんの花嫁姿をも、見ることになるのでしょう。

ここに書いた話は私の想像もずいぶん含んでいますが、戦争について百分の一、千分の一も書けなかった自分の文章力のなさに情けない思いがしています。一つの事実として書きたかったと思います。

一方、私の母方の祖父は建築関係の仕事をしていますが、戦争中に皇居の防空壕を作ったそうです。それは鉄筋コンクリートでできていて、コンクリートの壁は一メートルという超豪華版だったということです。

（担当教諭／小野田　明理子）

Ⅱ もの言えぬ時代の中で

修二

池山　環《めぐる》
（1989年度）

《三月一〇日、
東京がもえた。ぼくの家ももえた。
どうしてぼくの家だけもえたんだ。
もえるなら日本の国ぜんぶもえて
しまえばいい》

数日後、稲毛《いなげ》の家に、憲兵《けんぺい》が来た。

一、修二

修二は体が弱かった。背だって国民学校一年生の中でも抜きん出て小さく、あだなは当然「チビ」だった。たぶん喘息《ぜんそく》か、もしかしたら肺が弱かったのか、激しい運動など、とんでもないことだった。

しかし日本国が戦争をはじめてしばらくして、戦争の色が濃くなりはじめてからは、少国民《しょうこくみん》の修二も、今までのように、着物を着て床《とこ》の中で勉強し、週に一回だけ学校に行くなどということは許されなくなった。修二はこれまではかせてもらえなかった大好きなズボンをはいて、小学校に通うようになった。

しかし、修二のあこがれのランドセルは、彼の背であのカタカタという気持ちのよい音をたててくれたわけではなかった。体の弱い彼の後ろには、毎朝、黒く光るランドセルをしずしずと持ち歩く女中がいた。まわりの友達が、粗末なランドセルをうれしそうに鳴らして駆けてゆくのを、呉服屋の息子は、毎日くやしそうに眺めた。

頭が良くて負けん気の強い彼は、学校では他の子どもに決してひけはとらなかった。作文の時間に「ゆめ」という題で、大きくなったら陸軍大将になって、お国のために戦うのだと書いて賞をとり、一日だけ軍隊の練習場で訓練させてもらって大得意になったり、校内の手旗信号大会で優勝したりもした。少年の中には、そのころの日本の子ども、少国民としての決意が人一倍深く根付いていたのだった。

二、疎　開

そのうち、東京にも爆撃機が飛んでくるようになった。

人々の中にも、

「日本は本当に勝っているのか」

という不安に満ちたささやきがかわされたが、修二にとっては、日本が負けるなどということは夢の中でさえおこらぬことであった。日本は神の国であり、ぼくたちには天皇陛下がおられるのだから、負けるはずがないのだ、それが合言葉だった。

「ウーッ、ウーッ」

空襲警報が例のごとく暗い音を叫ぶ。

それすらも快い音に聞こえてしまう自分は何だろうと思いつつ、修二は家に向かった。女中の迎えを半ばおしのけるようにして歩く。この頃、修二はよく思う。

「なぜ警戒警報で学校の防空壕にもぐり、空襲警報が鳴ると一斉に外に出て家に帰るのだろう」

これはまだいい。

「東京は日本の首都だ。いまに爆撃される」

この考えは次第に修二の頭の中に、黒いインクのしみのように広がっていった。もちろん人には決して言わない。両親にも、二人の兄たちにも。かわいがって何でも話す妹に言おうかと考えたが、彼女はまだ小さすぎるし、これは誰にも言ってはいけないことだと思ったのだ。

そんなある日、父の前にきっちりと正座をしたきょうだい四人は、千葉の稲毛《いなげ》の家へ疎開することを聞かされた。父は足が悪く戦争には行けないけれども、誰よりも立派な人だと、修二は思っていた。彼は父を尊敬し、恐れた。

一九四三（昭和一八）年、修二は稲毛へ向かった。

学童疎開で、友達もそれぞれ東京をはなれていった。

三、天皇陛下

稲毛とは何と暑いところか。修二のひたいには、汗が玉となって光っていた。これが昨年までランドセルを女中に持たせて通学していた少年の姿だった。足は裸足。肩から重いカバン。

顔はうっすらと小麦色に焼け、病気の跡はもうほとんどなかった。その日も、学校に遅刻しそうになって、彼はカバンをガサガサゆらして走っていた。

気持ちの良い朝だった。でも深呼吸などしていたら、遅刻してしまう。だから彼は、毎朝立ち止まって最敬礼しなければならない奉安殿《ほうあんでん》の、天皇陛下の御真影《ごしんえい》のこともうっかり忘れて通り過ぎてしまった。――同時に、

「しまった！」

という針のような思いが走った。

「びしっ」

頬に火のような痛み。憲兵だ。

「このチビ！　おそれ多くも天皇陛下の前を走って抜けたな」

「びしっ、びしっ」

もう一発、もう一発。

いったい、何発打たれたのだろう。修二の頬は赤くはれ上がった。名前と住所を聞かれ、けとばされるようにして、追われた。

家に帰ると、父は静かに言った。

「修二、学校に遅刻するのはいけない。しかし、陛下の前を走り抜けるのは、絶対にしては

いけないことだ」

これだけだった。

修二は知った。妹から聞いたのだ。家に憲兵が来て、あの父が頭を下げたことを。

次の日から、修二は日の登る前に起きた。彼の心の中には、悔しさがあったのかもしれなかった。

四、東京大空襲

「修二、起きなさい、修二！」

連日の畑仕事でぐっすりと寝込んでいたが、母がこんな声を出したのは余程のことだと、修二にはわかった。

飛び起きる。

父は厳しいが、静かな顔でぐるりと皆を見まわした。

「東京にＢ29が来た。一斉爆撃だ。向島《むこうじま》の家はだめだろう。電車が動くようになったら、すぐ東京に行く。用意をしておけ」

東京が一斉爆撃――修二はずっと前から、こんな日を予期していたのではなかったか。

嘘だ。

「嘘だ」

母が、兄が、驚いた顔をして自分の方を向いたのが、修二にはわかった。

「嘘だ。嘘に決まっているよ」

叫んだ。

「日本は神の国だ。東京には、東京には飛行機なんて飛んでこられないんだ。嘘だ、嘘でしょう、お父さん」

体がふるえるのがわかった。予期していたはずなのに、修二にはやはり、東京が爆撃されたなど信じられなかった。東京が爆撃されたということは、日本が負けるということではないのか。

父は答えない。答えないのは本当だからだ。しかし修二はどうしても嘘だと言ってほしかった。

「お父さん、嘘でしょう」

カッと突然、父の目が見開かれた。

「だまれ、馬鹿者。日本は戦争をしているのだ。米国だって遊んでいるわけではない。そんなこともわからんのか。軽々しくものを言うな」

生まれてから幾度も見たことのない、父の怒った顔を、修二は見た。

修二には父の言ったことがわからなかった。なぜ自分は馬鹿者と言われなければならないのか。嘘だと思ったから、嘘だと言ったのではないか。

五、廃墟

学校に行っても、頭の中は東京のことばかりだった。

数日後、ようやく電車が開通し、修二は二年近くぶりに東京へ向かった。

東京の街は文字どおり、廃墟《はいきょ》と化していたのだった。京成線が江戸川、小岩と過ぎるうちに、修二の目には、電車の中からでさえも、折り重なってぶすぶすと煙をたてている人間だの、何一つ無くなった黒くて広い地面だのが映ってきた。そして、何とも言えない悪臭。

荒川の駅には、駅員もいなかった。木の椅子は焼け焦げ、看板は、溶《と》けて元の形を留《とど》めていなかった。踏切りもない。全てが黒――いや、灰色であった。

修二の家は向島、荒川の土手からほんの二～三分歩いた所にあった。あるはずだった。

家などなかった。瓦礫《がれき》の山だった。

戦時中だからと言って、戸棚の中に大事に大事に入れておいた何反かの絹も、茶色の髪と目を黒くぬったマネキンも、何もありはしなかった。父はそれを、何分かの間黙って見ていたが、やがて、つと歩き出した。

修二は、そんな父の横顔に何を見たのか。涙ではなかったように思う。涙に似たものだったと思うが、あれは何であっただろう。

修二は東京を歩いた。焼け跡は黒く残った国技館の他は何もなく、隅田川《すみだ》は水を求めた人でうもれ、もの凄い臭いだった。修二は吐いた。

東京は焼けたのだ。焼けるはずのない東京が。

「なぜ自分の家が焼けたのだ。自分の家が戦争をしていたのではないのに」

涙があふれて、止まらなかった。男らしくないと思っても、止まらなかった。

「戦争なんか、戦争なんかやめてしまえ。日本が負けたっていい。僕の家は焼けたのだ。天皇陛下がいたって、東京は焼けたのだ。なぜだ。なぜだ！　日本ぜんぶ、焼けてしまえ」

悲しさがこみあげてきた。

修二は、父の前で大声で泣いた。いつもなら拳《こぶし》が飛んでくるのに、その日は飛んでこなかったのを、不思議に思いながら泣いた。

六、作文

稲毛は何事もない。

なぜ東京は焼けて、稲毛は焼けないのか。

なぜ自分の家は焼けて、稲毛の友達の家は焼けないのか。

先生の、友達の、心からであったろう慰めの言葉も、修二の耳には白白しい言葉としか聞こえなかった。

普段から気にくわない奴が来て言った。

「大変だったなあ、東京は。君んとこ、呉服屋だったから、今まで布と食べ物をとり代えてこられたんだろ。これから、どうするの」

かあっ、と頭に血がのぼった。抑えた。許せない。もし、とっさに父の顔が思い浮かばなかったら、手を出していただろう。

一時限目は国語で、作文を書いた。

みんな、大きくなったら特攻隊員になるだの、書いていた。修二の書くことは、もうとっくに決まっていた。

題名は、迷って、空白にしたまま、クラスと名前を書いた。大きく息をはいて、題名のところに、

「ぼくの家がもえたこと」

と、ゆっくり、しっかりと書いた。

三月一〇日、
東京がもえた。ぼくの家ももえた。
どうしてぼくの家だけもえたんだ。
もえるなら日本の国ぜんぶもえてしまえばいい。

たった五行の作文だった。

七、父親

数日後、修二の家に憲兵が来た。

戸をガラリと開けて、ずかずかと入りこんできたのだ。父は驚いている修二を振りかえり、

「部屋へ行っていなさい」

と言った。父の命令だった。

「あんたはいったい、息子にどんな教育をしてるんだね」

二人の内の一人が、木の机がきしむような音をたてて叩いた。

「あんた、何だい、え、左翼かね。こんなものを書く子どもを育てて、いったいどうするのか」

父は、留置所《りゅうちじょ》に三日間入れられた。

「私は息子をそのように育ててはいない」

その一言だけを言い続け、殴られ、一日で帰れたものを、顔のはれを取るためにもう二日間、父が帰らなかったことなど、修二には知る由《よし》もなかった。

頭をたれ、父の前に正座する修二に向かって、父は、

「いいか、修二。戦争はもうすぐ終わる。日本が不利だろう。それまでに、また何かあるかもしれん。私は戦争の時代の人間だから、お前にも私の習ったとおり教えた。世の中には流れがある。それも、もうすぐ変わる。自分の意見を貫くのは正しいことだが、それはときどき、世の中の流れに逆らうことがある。そんな時は、待て。待っても待っても変わらなかったら、自分で変えろ」

と言った。

小学三年生の修二が理解したかどうかはわからないが、修二は、父が自分の気持ちをわかってくれたのが、たまらなくうれしかった。

家も、何もかも焼けて、戦争は終わった。

これは父の話です。

（担当教諭／堀内　かよ子）

二人

藤井　瑞香
（２００３年度）

灯火管制。電球のまわりを黒い布で覆って、光が漏れないようにした。

「なぜお前の家は敵国の宗教を信じているんだ！」

先生の声が耳にキーンときて、幸子は思わず目を瞑《つむ》った。

「キリストは人、天皇は神で在《あ》らせられる。帰って両親に改宗するように言いなさい」

話が一区切りしたと見えて、先生が一息ついた隙《すき》に、幸子はちょこっと頭を下げて部屋を飛び出した。

幸子の家は祖父母の代からのクリスチャンホームだ。兄が官立小学校に入った関係で幸子もこの学校に入学したが、高学年になり、女学校の進学が問題になってくる頃から戦争の色が濃くなってきて、担任教師の目はどこか冷たい。今日も、

「外山、ちょっと来なさい」

と言われて嫌な予感がしたけれども、案の定、教員室に入るなりくどくどと家庭のこと、進学先のことについて嫌味を言われ、あげくの果てには「改宗しろ」の一喝《いっかつ》だ。

「はぁ…」

廊下に出て溜息《ためいき》をついた時、

「幸子〜！　どうしたの？」

心配して待っていてくれた級友が声をかけてきた。

「ううん、何でもないの。帰ろ」

にこっと笑って見せ、家で待っている父や母の困る顔を考えないように軽く頭を振って、勢いよく鞄を持ち直して帰路についた。

「改宗しろ、か」

幸子の話を黙って聞いていた父は、最後にぽつりと呟《つぶや》いた。

「お父さんとお母さんにそう言いなさいって、先生が…」

「いいよ、わかった。気にしない。大丈夫」

気まずそうに下を向いている幸子を部屋に戻らせて、両親は顔を見合わせて溜息をついた。

「官立だから教育はしっかりしていると思って入れたけど」

「やっぱり幸子が可哀相ね」

静かに湯飲みを持って立ち上がり、台所に向かう妻の背中を見て、幸子の父は一口お茶を啜《すす》り、しばらく黙ってからふっと声を出した。

「やっぱり、幸子をあの学校に入れたい。ほら、僕の妹が行ってた……」

「ああ……女子学院」

「今の学校の教育は……どうもね……」

うつむいたまま真剣に言葉を紡《つむ》ぎ出す夫の姿を見て、幸子の母は小さい笑みを浮かべた。

「貴方がそう思うなら……その方が良いと思うわよ」


一九四四（昭和一九）年の春、女子学院に入学した幸子にとって、それまでの国民学校（小学校）と女子学院の雰囲気は雲泥《うんでい》の差だった。国民学校ではじっと立って固まったまま聞いていなければならなかった「勅語《ちょくご》」も、座ったまま読み上げられるのを聞くだけ。天皇皇后両陛下の御真影《ごしんえい》にずっと頭を下げることもない。何より校長先生のお話が心に沁《し》みた。知らず知らずのうちに生活が戦争一色に染め上げられている中で、先生は戦争については何も話さず、「愛」という言葉について話してくださった。

（凄《すご》い……）今まで考えても見なかった世界にワクワクした。そしてこれからあの先生の元で学ぶのだと思うと、体の底から身震いするような感動を覚えた。

その時、同じ空間の中で、もう一人、目を輝かせて話に聞き入る少女がいた。二人の姉が学んだ学校で、これから始まる生活に期待と希望とをいっぱい抱えた百合子もまた、三谷民子校長の話に聞き惚《ほ》れていた。（この学校で、あの先生について勉強できる！）まだお互いを見知らぬ二人の少女は、それぞれに未来への抱負に溢れていた。


「ここでは私の考えで教育を行うつもりです」

しっかりと話す三谷先生の声が聞こえてきて、生徒たちは一瞬、おしゃべりをやめて耳を澄ました。

「英語は敵国語だ。そんなものを習うのにこんなに時間を取ることはない。もっと時間を削ってもよいはずだ」

「敵国語だからこそ学ぶんです。ミス・ダーティーもスパイなどではありません。疑うのならば何処なりとも調べて御覧なさい。何も出てはきませんよ。私たちは何も後ろめたいことなどしていないのです」

三谷先生は、学校に来ている憲兵を相手に話しているのだ。入学式に目を輝かせていた少女は、黙ってその声に耳を傾けていた。先生は体を張ってこの学校を、私たちを守ろうとしていらっしゃるのだ。そう思うと、心に湧き上がってくる思いを押さえきれなかった。

「…百合子、大丈夫？」

今にも泣き出しそうな顔をしていた少女に、周りの友人たちがそっと声をかけた。

「え？　あ、うん」

笑って顔を上げた百合子は、周りにいる友人たちの目の中にも同じ思いを読み取る。（私たち、幸せなんだよね。）暗黙の了解だ。戦争の渦に巻き込まれていこうとする時勢の中で、必死に教育を守っていこうとする三谷先生の姿は、生徒たちにとって大きな存在であり、支えだった。

だがその学校にも、戦争の影は忍び寄っていた。一人、また一人と、消えるように友達がいなくなる教室。入学してからもうすぐ一年が経とうする頃、東京の空の危険がいっそう激しさを増し、田舎の親戚などに疎開する人が増えていた。

だが空襲の警報が日常茶飯事になってくると、だんだんと恐怖を感じなくなった。空襲警報が出るたびに学校は早引けになり、友達としゃべりながら帰るのが楽しかった。帰り道で飛行機の音を聞くと、道端の防空壕に飛び込んで、そこでおしゃべりを楽しんだ。毎日、当たり前の空襲に感覚が麻痺《まひ》し、恐怖を忘れかけていた。そう思っていた。あの日が来るまでは——。

三月九日の夜、いつものように暗い電気の下にいると、警報サイレンの音が百合子の耳に飛び込んできた。

「また空襲…?」

警報には慣れっこになっていた百合子は、伸び上がって天井から下がっている電気を消した後に、ようやく外の異変に気づいた。

「赤い光…」

そばにいる姉がつぶやいたのが耳に入った。

「空襲って……」

今まで少数機ぐらいしか来ていなかった空にたくさんの敵機が飛び交い、あちこちに火の手が上がっている。

「百合子、百合子!」

誰かに呼ばれている気がしたが、動けなかった。目は窓の外に釘づけになっていた。

「空が…真っ赤だ…」

百合子は外の光景から目を離せなかった。

「百合子、早く防空壕に!」

姉に引っ張られるのがわかった時、初めて百合子の胸に大きな恐怖が押し寄せてきた。

「あれからまた人数、減っちゃったんだな…」

教室を見渡して、幸子はそっと胸の中でつぶやいた。お互い別れを惜しむ間もなく、友達が一人、また一人と教室から消えていく。幸子たちは実家の新潟から、迎える準備も出来ているから早く疎開してきた方が良いと言われていたが、父は悩んだ末、親が戦災死して子どもが孤児になっては幸せではない。子どもたちは親のそばで親が守ろうと決め、疎開しないことになっていた。閑散とした教室を見渡して寂しさを感じないわけではなかったが、空襲が激しくなり、毎日に危険がつきまとうようになると、寂しさなど感じていられなくなっていた。

一方、三月一〇日の空襲の後、三重県に疎開した百合子も、東京のことを思い出すゆとりはなかった。県立の女学校に転入したものの授業は全くといって良いほどなく、油を取るためだといって、ひたすら山で松の根を掘らされていた。彼女もまた、友達のことなど懐かしむこともない日々を送っていた。

四月十三日。

空襲警報に、はっと顔を上げた幸子の目に、窓の外の様子が飛び込んできた。火の柱が上がる。あそこに、もっと遠くに、そして直ぐ近くに……あっという間に四本の火柱が上がり、徐々に中心部に燃え広がっていく。人々は四方を囲まれて逃げ場を失い、次々と川に飛び込んで、火に呑まれていく。

「ここも危ない、幸子、逃げなきゃ！」

そう声をかけられて慌てて家の外を見るが、通りには逃げ惑う人々がひしめき合い、足の踏み場もない。

「逃げるとこなんてないじゃない！」

幸子は引きつった声を上げた。火が刻々と迫ってくる。

「もう駄目だ……」

幸子は父の顔を見て、家族全滅を覚悟した。火はもうすぐそこに迫っていた。あとはもう無我夢中で何をしていたのだろう。

気づけば朝になっていて、幸子はつぶやくように声を漏《も》らした。

「生きてる……」

家の一方が崖で、その下が線路で遮断《しゃだん》されていたため、もうおしまいだという時、奇跡的に風向きが変わって火勢《かせい》が止まり、この一画だけ焼け残ったのだ。焼け出された近辺の人々や親類が多く避難して来て、家の中は横になるのもままならない状態だったが、生き残ったという不思議な一体感があるようで、幸子には空襲の後だというのにひどく和やかなものさえ感じられた。もうこれ以上ひどいことなんて起きない……ぼんやりとそんなことを考えていた。

五月二十六日の朝。

御茶ノ水駅で電車が止まったので外に出て見た幸子は愕然《がくぜん》とした。見渡す限り焼け野原、まだ所々ブスブスと音を立てている。とにかく学校に行かねば！　と気を取り直して、市ヶ谷《いちがや》の方に向かって歩き出した。頭の中で遅刻の理由などを考えつつ、どこまで行っても焼け焦げた臭いと残骸の中を、幸子はただひたすら学校へ歩いた。

ようやく市ヶ谷の坂を登りきり、女子学院へ左折する角へ来て、幸子はまたもやその場に棒立ちになった。校舎は跡形もなく、かろうじて塀の姿が見て取れた。

「あっ…」

慌てて駆け寄ろうとした瞬間、幸子の目に番町教会の大きな防火水槽《すいそう》が飛び込んできた。その水槽の回りに人が寝ている。そう思った時、幸子は金縛《かなしば》りにあったかのように動けなくなった。寝ていると思ったのは皆、水死体だった。それ以上足を前に踏み出せず、頭が真っ白になったまま、幸子は踵《きびす》を返してその場を逃げ去っていた。

どこをどう歩いて来たかもわからず、気づくと家に駆け込んでいた。体が芯《しん》からがたがた震え、どうしようもなかった。焼死体や怪我人など慣れっこになっていたけれど、この日ばかりは並んだ水死体が瞼《まぶた》の裏に焼きついて離れない。

その夜は怖くて一睡もできなかった。


校舎が焼けた後、東京女子大の校舎の一角を借りて学校がまた始まった。だが授業は全くなく、飛行機の工場で部品を作る作業に出かける毎日だった。ある日、ふと窓の外に目をやると、敵機の姿が直ぐ間近に見えた。あっと思った瞬間、戦闘機はキャンパス内の人影に向かって急降下していった。ダダダッ！と銃声が聞こえた。キャンパス内には逃げ込む防空壕もない。幸子はぎゅっと目を瞑《つむ》って、手元に神経を集中させた。


八月十五日。

幸子は家で家族とラジオを聞いた。音は聞き取りにくくて何の放送かわからなかったが、兄は「ポツダム宣言を受諾《じゅだく》せり」という言葉を聞き取ったらしい。

「日本が、負けた……」

ぽつんと兄が発した言葉に幸子は驚いて顔を上げた。（負けたって…どういうこと?）目で父に尋ねたが、父は何も言わなかった。（どういうこと?　日本は勝っていたんじゃないの?）幸子の頭の中はぐるぐる回った。

「戦争、終わったのかな…」

疎開先の三重でラジオを聞いていた百合子は、大人たちの話からぼんやりとそんなことを感じていた。（これで東京に帰るのかな？）戦争が終わったという実感はなく、ただ妙に体の力が抜けていた。

「二十日に東京に帰るよ。百合子の新学期にも間に合うから」

姉の声を聞いて、百合子はぼんやりした頭を振って、「うん」と、声を出した。


（信じられない……）学校が再開してから、幸子は墨《すみ》で塗《ぬ》り潰《つぶ》された歴史の教科書に目を落として愕然《がくぜん》としていた。（全部間違い？　今まで習ってきたことが、全部？）歴史が好きだった幸子には、理解しがたいことだった。

「何を信じたら良いの、わからないよ…」

ただ何も考えられずに目をぎゅっと瞑って頭を抱えていた幸子の胸に、「国敗れて山河あり」という言葉がふと蘇《よみがえ》ってきた。

「そうだ、しっかりやっていかなきゃいけない。生きていかなきゃいけない。国は敗れたけど、まだ自分は生きてるんだから」

幸子は手を伸ばして受話器を取った。

「もしもし、あら百合子さん？」

あれからもう五十八年。早くに夫を亡くした百合子は、教会の奉仕園から日本語教師の養成所に通って資格を取り、外国から日本にやってくる人々に日本語を教えたり、ＮＧＯの海外の仕事をしたりしている。

一方、ピアノや英語を教えていた幸子も、停年近い夫と二人で養成所に通って資格を取り、日本にやってくる人々に日本語を教えている。同じ時代をそれぞれ過ごしてきた二人は戦後クラスも同じになり、教会にも一緒に通い、今もなお親しいつき合いを続けている。

「作文？　女子学院の、あら、後輩？」

「ええ、戦争体験についての聞き書きですって」

「戦争体験、ねぇ…」

今では思い出すことなど滅多《めった》にない戦争体験について書くのに話を聞かせてほしい、という依頼だ。

「そう…」

幸子は受話器を握ったままそっと目を閉じた。ふっと風が吹き込んできてカーテンを膨《ふく》らませ、幸子の髪を揺すった。小さく微笑んで、幸子は受話器を握り直した。
「そう、いいじゃない」

〔後記〕ここで登場する、百合子さん、幸子さんは、私が通っている教会の方で、女子学院の先輩でもある方だ。牧師先生に、戦争の聞き書きのお話を聞くのにどなたか紹介してもらいたいと頼んだのが始まりだった。午後の教会で待ち合わせをし、ロビーで出迎えてくれたのは目元の涼《すず》しげな、上品でどこかユーモアのある笑顔を浮かべた二人の女性だった。
お二人が、最後に熱を込めて言っていた「聖戦など絶対にない」という言葉が耳に残っている。戦争なんて決して良いものじゃない。それを止められるのは、それを知っている人と、今の若い人たちだと。戦争には利点なんて何もない。その思いを受け継いで、将来の世をつくっていく世代は私たちだ。私たちは大事なことを教えてくださった方々の思いを無駄にしてはいけない。

（担当教諭／小野田　明理子）

戦争を生きぬいて

小杉　庸子
（1985年度）

配給された玄米を一升びんに入れ、竹の棒で何度もついて精米した。

一九四五（昭和二〇）年春。

「ウー、ウー」

夜中なのにまた空襲警報が鳴り出した。「また」というのも、この頃は毎日のように鳴るからだ。空襲はほとんど夜中だが、昼間でもときどきB29がやって来る。

「こんなにたびたびやって来るんじゃ、防空壕に入る気もなくなっちゃうよ」

千駄ケ谷《せんだがや》国民学校高等科一年で一三歳の敏夫は、寝返りをうちながらそうつぶやいた。実際この頃は、はっきりと身の危険を感じない限り、めんどうくさくて自分の家の床下にある防空壕にもめったに入らない。家族もそんな感じで、上半身だけ起こしたり目だけを開けたりして、じっと空襲警報を聞いている。これでも、戦争が始まって間もなくの頃は空襲警報に怯《おび》えていたものだ。敏夫はそんなことを考えながら、またうとうとと眠ってしまった。遠かった飛行機の音も、いつの間にか聞こえなくなっていた。

敏夫の家族は千駄ケ谷に住んでいる。五人きょうだいで、一番上の姉は働いている。次の姉と敏夫、すぐ下の弟和夫は学生だが、和夫だけは集団疎開で青森にいる。一番下の弟は、まだ学校に行っていない。その五人と、学校の教師で、年齢のために戦争に行かなかった父と母の七人家族だ。

家のまわりは自然があふれていた。秋の神宮外苑《じんぐうがいえん》はトンボの天国だ。竹ざおに取りもちをつけたものをぐるぐるふりまわすだけで、目をつぶっていても二〜三匹は確実に取れる。昔は、敏夫も外苑でよく遊んだが、今は家の用があったり友達が働いていたりであまり遊べない。だが、千駄ケ谷のあたりは三月の東京大空襲の時も被害にあわず、結構平和な生活が続いていた。

次の日の朝、何事もなく起き出した敏夫は、ものすごい速さで朝ご飯を食べた。配給は日に日に少なくなってきているようで、毎日、お芋か雑炊《ぞうすい》しかないのである。その雑炊にしても中味はうすくて、ありとあらゆる草を入れて量増ししたようなものだ。だが、これでも他の家よりは恵まれていた。なぜなら、母親の親類で畑をやっている者が、ときどき野菜をわけてくれるからだ。一番食べたい年頃の敏夫だが、食べ物のことを口にすると母が悲しそうな顔をするので、それだけは言わないようにしていた。

学校には弁当を持って来られない者もたくさんいる。一日に何回かは、誰かの弁当が盗まれる。弁当のない友達の中にはわざと空元気《から》を出して、「別に食べたくないもん」と言ってみんなが食べているうちに校庭に飛び出して、一人で遊んでいる者もいる。そんな友達を見ると、おなかが空いても、おかずが少なくても文句は言えなかった。敏夫はこの頃、弁当を持って来られない友達を思い出してしまうので、なるべくすばやく、かき込むように食事をしている。

朝食を終えた敏夫は「行ってきます」と言って外に飛び出した。と、同級生の悟が前方を歩いているのに気づいた。

「おーい、悟ちゃん、待てよお」

ようやく追いついた敏夫は、悟と並んで歩き出した。まず、「おはよう」と言ってから、夜の空襲の話を始めた時、悟がこう言った。

「日本は勝つと思うかい?」

敏夫はおどろいた。そんなこと考えたことがなかった。彼はこう答えた。

「わかんないや」

そう言ってしまってから、敏夫はまわりが気になった。誰かに聞かれていたらどうしよう。

「絶対に勝つさ」と言いなおさなくちゃ……。いや、ちがう。「勝つと思う？」なんていう質問からして非国民なんだ。今は国が一つになって戦っているんだから、絶対に勝つと思っていなくちゃいけないんだ。でも……。

幸い、二人の会話に気づいた人はいなかった。敏夫は悟と一緒にいたことも忘れて、黙々と校門をくぐった。悟もいきなり黙りこくってしまった。敏夫はその日一日中、そのことを考えていた。敏夫の家は戦争で誰も死んでいない。戦場に行っている者もいない。だからか、「戦争」というものを深く考えたことがなかった。だが、同級生の中には親や兄弟を亡くした者も多い。彼らは、戦争というものを真剣に考えているのだろうか。

敏夫は一人だけ取り残されたような、何か大きなことを発見したような感じで、その夜は寝つけなかった。

五月二五日。

敏夫はきのうから学校へ行っていない。二三日の夜に空襲があったからだ。まったく、すごい空襲だった。幸い、家族はみんな一緒に神宮外苑《じんぐうがいえん》に逃げて誰も怪我もしなかったし、家も大丈夫だった。だが、近所には焼けている家もあり、死者も出ている。学校の友達は大丈夫かなあ、と敏夫はさっきから同級生の顔と名前を一人ずつ思い出していた。

夜になった。すぐに外に出られるような格好で寝床に入った敏夫は、早くもウトウトし始めた。きのうの夜はまだ興奮が残っていて眠れなかったし、二日前に空襲があったばかりだから今日は大丈夫だろう、という安心感もあったのだ。

何時間眠っただろうか。敏夫は、鋭い空襲警報の音で目をさました。どうせいつもみたいにこっちまで来ないだろう、と思ってまた眠りかけた敏夫は、次の瞬間身構えていた。Ｂ29の音がいつもと違う。いつもに比べて近いようだ。とっさに身の危険を感じた敏夫は、大急ぎで靴を履き、防空頭巾のひもを結び直した。家族も慌てて仕度をしていた。母さんがまだ眠そうな弟に防空頭巾をつけてやっていた。全員仕度ができたところで、父さんが叫んだ。

「この前と同じ所に逃げる。手をつないで。絶対に離れるんじゃないぞ」

父さんが先頭になって走り出した。母さんは弟の手をしっかり握る。敏夫は二人の姉さんと一緒に走った。少し走ったところで、後ろの方から大きな音とメラメラという物の燃える音がした。ふり返ると家が焼けていた。

「ああっ！　家が……」

戻ろうとする敏夫を姉たちが必死でとめた。

「もうあきらめなさい。早く逃げないと私たちも死んじゃうのよ」

まわりで人々が倒れていった。目の前を走っていた男の人は、投下弾が命中して血を噴《ふ》き出しながら死んでいった。頭のもげた赤ん坊を背負って逃げる若い母親もいた。まさに地獄だった。その地獄の中で、悟の言葉を思い出した。人が死んだり家が焼けたり、こんなことで日本は勝てるのだろうか。もし勝てなかったらどうなるのだろうか。

次の日、焼け跡に戻った敏夫たち一家は、焼けて何も残っていない家を見て声が出なかった。隅の柱以外、見事に全部焼けて、ところどころ火がまだくすぶっていた。

次の日からバラックを建て始めた。幸い、家族は誰も怪我しなかった。敏夫は学校へも行けず、友達がどうしているかもわからずに、不安な日々を送っていた。

八月一五日、終戦。

日本は負けた。何人かの友達に会った敏夫は、悟が五月二三日の空襲で死んだらしいことを知った。敏夫は、悟がどこかから自分を見ていて、「やっぱり、日本は負けたね」と言っているような気がしてならなかった。悔しいような、悲しいような感じだった。

戦後は、戦争中より食糧難だった。敏夫は長男なので、年のいっている父親の代りに母親と一緒にヤミ米を買いに行ったり、農村へ買い出しに行ったりもした。買い出しに行くと、農民がえらくいばっていた。「金を出せ」だの、「着物を持って来い」だの、「そんな物とじゃ交換しない」などと言って、どんどん居丈高《いたけだか》になっていく。敏夫は、怒りたいのをぐっとこらえた。

怒れば、相手は「そんなら他の人に売るから帰れ」だった。くやしかった。なにしろ、敏夫の家は焼けてしまったので、出す物がないのだ。

進駐軍《しんちゅうぐん》も来た。敏夫も友達に連れられて行ってみた。その友達は慣れた感じで米兵に近づき、何やらしゃべってチョコレートやガムをもらってきた。敏夫もその言葉を教えてもらった。「ギブ・ミー・チョコレート」と「ギブ・ミー・チューインガム」だった。やってみると楽しかった。みんな優しくて、すぐにお菓子をくれた。でも敏夫は恥ずかしかった。もし日本が勝っていたら、こんな乞食の真似はしなかったのではないか。

敏夫はいつも、「もし日本が勝っていたら?」と考えるようになった。そんな時は必ず、悟のことを思い出した。悟の言葉がなければ、「もし……」も浮かんでこなかっただろう。そして考えて出した結論は、「戦争は絶対によくない」ということだった。

日本が勝っても人は死ぬ。勝敗に関係なく、戦争は世界中の人を不幸にする。敏夫の家は和夫が疎開先から帰ってきて誰も死ななかったが、多くの人たちが戦争で死んでいった。敏夫は心の中で、戦争はよくない、とハッキリ思った。自分が大人になったら絶対に戦争はおこすまい、と心に誓った。

〔後記〕これは、私の父から聞いた話をもとに書いたものです。父は一九三一（昭和六）年生まれ、終戦を私たち中学生と同じ年頃で迎えました。父の話を聞いて、戦争で命を落とした者にとっても、また生きぬいた者にとっても戦争は地獄であったのだな、と思いました。

（担当教諭／杉村　みどり）

Ⅲ　奇跡の再会

赤の記憶

平田　菜摘
（2003年度）

「何かいつもと違うから起きろ!!」

真夜中に治代《はるよ》は父に叩き起こされた。その尋常《じんじょう》でない様子を察知《さっち》して、治代は飛び起きた。一瞬にして目も覚めた。急いで家を出ると、そこには——

一九四四（昭和一九）年暮れ頃、日本はたびたび軍事施設や工場を空爆されていた。それはあくまで目標を定めたピンポイント攻撃であったが、翌四五年二月、米空軍航空隊司令官としてカーチス・E・ルメイ少将という人物が着任してからは方針が百八十度転換した。

日本の上空には季節風が吹いている。また、分厚い雲が張っていることも多い。そういう日本独特の気象のため、これまで爆撃はいつも一万メートル近くの高さからしか出来なかった。しかし、それだけ上空からの攻撃では外れる確率が高い。そこでルメイ司令官は考えた。無差別絨毯《じゅうたん》爆撃という作戦を。それは、夜間に千五百メートル内外の低空から目視爆撃をする方法で、無数の焼夷弾《しょういだん》を落とす。これが、東京大空襲といわれるものだ。日本にも高射砲《こうしゃほう》という上空の飛行機を撃《う》ち落とす兵器はあったが、低空を飛ぶ三百機もの飛行機にはかすりもしなかった。

そしてついに一九四五年三月九日——。

隅田《すみだ》川と荒川に囲まれたデルタ地帯、この人口密集地に治代は住んでいた。八歳だった。運命の日が来たことも知らずに、少し寒かったので布団にくるまって寝ていたが、

「何かいつもと違うから起きろ!!」

真夜中に治代は父に叩き起こされた。その尋常《じんじょう》でない様子を察知して、治代は飛び起きた。

一瞬にして目も覚めた。急いで家を出ると、そこには——

(っ!!)

目に飛び込んできたのはただ〝赤〟という色だけだった。

右往左往して逃げまどう人々、雨のように落ちてくる爆弾……すべてが燃えさかる炎に侵《しん》

食《しょく》されたかのように赤かった。

「深川はもうやられた！」

「橋が壊されてる！　逃げられないぞ!!」

最初に爆撃を受けた深川が全滅するまでに要した時間がまたたく間であったことを、この混乱の後に治代は聞いた。

「こっちこっち！　早く!!」

声のする方を振り向いてみると、隣の家に住むおばさんが防空壕《ぼうくうごう》の中から手招きしていた。防空壕は空襲が激しくなるにつれ、たくさん作られるようになったもので、その当時二軒に一つくらいの割合で掘られていた。地面より少し低い位置に掘られた壕《ごう》の中で、治代は母と妹と肩を寄せ合い、縮《ちぢ》こまって座っているしかなかった。

（……お兄ちゃんが……いない……）

治代はそう気づいた後すぐに、兄が爆撃の直後、日本男児の一人として緊急時の召集場所へ向かっていったのを思い出した。父も私たちを起こしてから兄の後を追ったのだろう。兄には以前から軍国主義に染められている部分があった。

（だからって、置いていくことないじゃない。私たちのことが心配ではないのかしら……）

治代は兄の気持ちを理解しながらも、悔しさと寂しさを感じずにはいられなかった。

「ぎゃあぎゃあ！　ぎゃあ!!」

ドォーンッババァーンッゴォーッ
外では相変わらず凄《すさ》まじい叫び声と、大きな爆撃音が鳴り響いていた。その時突然、母が防空壕を飛び出した。それにつられるように妹も防空壕を出ようとする。治代は置いて行かれまいと慌てて立ち上がったが、誰かに服の裾《すそ》をつかまれた。

「!?」

「ここにいなさい！　外に出ちゃ危ない」

私たちを防空壕に呼んでくれたおばさんだった。しかし母と妹は行ってしまったので、治代はおばさんの忠告を無言で振り切った。

結局、治代は母と妹とはぐれてしまった。蒸《む》し風呂状態だった防空壕よりはマシだが、周りを火に囲まれていて熱いことに変わりはなかった。見上げれば、サッカーボールくらいの大きさの火の粉が宙に舞っている。治代はボンヤリとした意識の中で、土手山に登り、火の海と化している町を見下ろした。

（……あぁ、お家が……）

家が炎を吹き上げて燃えていた。ふと視線をずらせば、そこには馬がいた。その馬もまた、治代の家のように燃えていた。炎は赤いたてがみのようだった。その炎は手綱《たづな》にも伝わり、馬車引きであろう人も燃えていた。水がチョロチョロとしか出てこないホースを持って、少しでも火の勢いを止めようとしている消防士の防火服も燃えていた。一人の女の人が我が子であろう赤ちゃんをおぶって走っているのが見えた。その赤ちゃんもまた燃えていた。

（……火が……炎が……赤が!!）

すべてが燃えていた。炎は容赦《ようしゃ》なく次々と命を奪っていった。治代は恐怖のせいか声も出ない。それでもはぐれてしまった母と妹を探すために歩き出した。

「……熱いよぉ……」

地面からの熱気はもの凄《すご》かった。その上、右も左も前も後ろも炎に囲まれている。治代は、ここは地獄で、自分はこのまま熱さで死んでしまうのではないかと思った。自分と同じように親とはぐれてしまったらしい子どもが前を走っていた。と、次の瞬間、何かにつまずいたのか、転んでしまった、火のついた地面に。

（あっ!!……）

その子は動かなくなってしまった。

（転んだらダメ……転んじゃいけない……）

治代はそう心の中でつぶやきながら、その子の横を通り過ぎた。炎は治代を逃がすまいとするかのように、ますます広がっていった。

やっとの思いで家の近くまで来た治代は、自分がついさっきまで身を潜《ひそ》めていた防空壕を見て愕然《がくぜん》とした。

（おばちゃんが!!……）

死んでいた。外で火に焼かれた他者たちのように真っ黒こげではなく、気を失っているだけのようにも見えるが、治代にはそれが死体であることがわかっていた。密閉《みっぺい》された防空壕の中で蒸し焼きになったに違いない。治代はおばさんにつかまれた裾をギュッと握った。

（……もう……歩けない……）

この地獄をさまよい歩くのに、八歳の足はか弱すぎた。フラフラの足を引きずりながら、やっとの思いで電柱にもたれかかったが、

「熱いっ!!」

その電柱もまた、衰えをみせない炎と共謀《きょうぼう》して、治代が休むことを許さなかった。その時だった。

ガッ!!

治代は突然、大きな手に肩をつかまれた。

（お父さんなの!?……）

治代は、大きな手の持ち主を確かめる以前に、道にうずくまってしまった。

（私もあの子みたいに死ぬんだ……）

あの場面が治代の脳裏にフラッシュバックした。走り回った疲労から、治代は猛烈な眠気に襲われた。遠くでカンカンという音がするのだけが分かる。

「寝ちゃダメだ！　日本人はこんなことでは死なない!!　寝ちゃダメだ!!」

うっすら目を開けてみれば、二～三人の男が治代を揺さぶり起こしている。

（……お父さん……じゃない……）

治代は意識を失った。


「……代！　治代!!　目を覚ませ!!」

治代は懐かしい父の声で目を覚ました。父は治代の頬を軽く、ペチペチと叩いていた。

「……お父……さん……」

「気づいたか、良かった。お前、死体の下になってたから助かったようなものの……」

治代は重なり合う死体の山を見た。あの死体が追ってくる火の手から自分を守ってくれた……

……治代は不思議な気持ちになった。

「絶対動くな。妹と母ちゃんを探してくる。いいな、動くんじゃないぞ！」

治代が弱々しくうなずいたのを見て、父は走っていった。治代は顔を上げ、周囲を見渡してみる。

（……何にも無い……）

炎は遠くへ移動したらしい、すべてを燃やし尽くして。何にも無い。人も建物も。命あるものは治代だけ。〝赤〟はすべてを奪った。戦争がすべてを奪った。

どれくらいの時間が経ったのだろう。治代は煙で濁《にご》った視界の中に、父に連れられてくる母と妹の姿をとらえた。その姿は影のようだった。治代はハッとあることに気づき、父の方へと駆け寄った。

「お兄ちゃんは？……」

父は横に首を振って、わからないと言った。

「足が痛いよぉ、足が痛いよぉ」

妹が泣きながら訴えている。五歳の妹の小さな足には不似合いな大きな火傷ができていて、見るも痛々しかった。聞けば、炎から逃げ廻っている時、知らぬ間に火傷《やけど》を負い、今頃急に痛み出したのだという。妹も必死であったことを知り、治代は妹を励ましながら父母とともに避難所へ向かった。

避難所にはすでにたくさんの負傷した人々が集まっていた。そしてしばらくすると、兄とも再会することが出来た。

「どぶの中に顔を突っ込んでいたら助かったんだ。臭いし苦しいし、もうたくさん」

そう話す兄のちょっぴり誇らし気な顔が、治代には嬉しかった。こうしてまた五人でいられるだけで良かった。しかし、また明日遊ぼうと約束したはずの友達十数人とその家族の多くは死んでしまっていた。つい昨日の夕方まで隣りにいたのに……。

着るものもない、食べるものもないという状況で治代たち家族は仕方なく父の兄を頼り、居《い》候《そうろう》をさせてもらうことにした。が、自分たちが歓迎されていないことは幼い治代にもはっきりわかった。

(我慢よ、我慢。きっともうしばらくの辛抱《しんぼう》だわ……)

治代は日々自分に言い聞かせ、とりあえず生きていることに感謝を忘れなかった。

そのうち妹の足にうじがわいた。火傷の部分にたいした治療もせず、長い間放っておいたせいだ。親戚にはますます煙たがられ、母は妹を病院に連れて行くことにした。

「お願いします！　どうか診《み》てやってください!!」

ダメだった。母は土下座《どげざ》までしたというのに。医者は薬もないし、だいいち金のない患者を診ている暇はないと言った。

(……っ！　何てひどいっ!!)

治代は悔しさで胸がいっぱいになったが、それをぶつける術を持たなかった。三人がもと来た道を戻ろうとした時、一人の見知らぬ中年女性に声をかけられた。

「これ一本あげるよ。うちにもその子ぐらいの子がいるんだ。家にもう一本あるし、ほら使いなよ」

中年女性はそう言って、母に何かを手渡した。火傷の薬だった。

「ありがとうございます！　ありがとうございます!!」

母は何回も何回も大袈裟《おおげさ》なほどに礼を言った。妹も嬉しそうだった。帰って早速薬をつける。治代は妹と一緒に、「早く治れ、早く治れ」とまじないをかけた。その夜、母が、妹が死んでも仕方がないと思ったともらしているのを聞いて、治代は震えた。妹が死ぬなんて！　治代には耐えられなかった。

（もうこれ以上、人が死ぬのは嫌だ!!）

治代は戦争の終結宣言を、小三の八月、長野で聞いた。玉音放送を聞いた時、治代は嬉しさのあまりその場で飛び跳ねた。そこへ兄が険しい顔をして近づいてくるなり、

ベチィーンッ!!

「馬鹿野郎！　神風《かみかぜ》が吹いて日本は必ずまた勝つんだ!!　そんなことをしてたら殺されるぞ!!」

兄に殴られた頬はジンジン痛んだ。治代は痛さのせいではなく、怖くて泣いた。兄に乗りうつった目には見えない何かが恐ろしかったのだ。兄は泣きやまない治代を押し入れに閉じ込めた。兄の顔が赤かった気がした。

〔後記〕わずか八歳で空襲を経験した二瓶《にへい》治代さんは、現在、江東区の戦災資料センターで語り部としてボランティアをされていて、自身の体験を語られた後、こうおっしゃいました。

「戦争は、いつだって女性や病人や子どもなど、弱い立場の人が犠牲となったり、辛い思いをするのです。戦争がどんなものか、終わってもどんな状態になるのか、みなさんに知って欲しいと思います。私自身、戦争のことを思い出すのはとても怖いので、今までは極力思い出さないようにしていましたし、誰にも言いませんでした。娘にも話していません。けれど今、私は新聞を見ると震えるほど恐ろしいです。これから日本がどうなるのか、不安な日々が続いています。やはり、背を向けたくなるような過去でも、向かい合い、今となっては数少ない戦争体験者の一人として、伝えていかねばならないのだと思うようになりました。これからも、この命のある限り、多くのみなさんに戦争という国際的な大犯罪の無意味さ、悲惨さを忘れられてしまわないよう、語り部として話していきたいと考えています。どうか、どうか戦争だけは起こらないように、もう二度とあの惨事が起こらないように祈っています」

（担当教諭／小倉　京子）

東京の空で

佐藤　絵美
（1985年度）

防空頭巾。戦争末期、外出する際は子どもも含め、全員がこれを携帯した。

一九四五年三月。

「ちさとちゃーん」

「はーい」

東京の下町にちさとの元気な声が響いた。ちさとを呼んだのは近所のおばさんだった。

「はいよ、ちーちゃん。満州《まんしゅう》（現在の中国東北部）のお兄さんからだよ」

といって、ちさとに渡してくれたのは小さな小包だった。

「わあ、おばさん、ありがとう」

ちさとは礼を言うと、家の中に飛びこみ居間へ駆け込むと、赤茶けた紙で包まれた小包を開けてみた。中には小さな肩かけのかばんと便せんが一枚入っていた。

「誕生日おめでとう。僕の分まで父さんを助けてください。七歳になったちさとへ。幸司」

ちさとは、さっそくかばんを肩からかけてみた。

「なかなか似合ってるじゃないか」

いつの間に帰ってきたのか、ちさとの父、賢が立っていた。

ちさとの母は、ちさとが生まれてすぐに亡くなり、一〇歳以上年の離れた兄幸司は、戦争で満州へ行っている。ちさとは、事情があり戦争へ行かなくてもいい父の賢と二人暮らしである。

「幸司お兄ちゃん、ちゃんと覚えてくれてたんだね……」

「幸司は妹思いだからな。ところでちさと、夕飯はいつできるのかな」

気がつくと春の遅い日も、もう暮れようとしている。

「いけない、おじゃがをむかなきゃ。お父さん、今日は煮っころがしだよ」

ちさとは、亡くなった母に代って家事炊事一切をしているのであった。ちさとがじゃがいもをむき、切り、他の野菜となべで煮こみ、賢がそれを手伝い、二人が向かい合って食卓につくころには日はとっぷりと暮れていた。

ちさとが食事の後片付けを済ませて、食卓に勉強道具を広げると、遠くの方でサイレンが鳴っ

た。新聞を読んでいた賢は、

「ちょっとようすを見てくるよ。戸じまりをしっかりたのむぞ、ちさと」

「うん」

ちさとは父を玄関まで送っていった。

「なるべく早く帰ってきてね」

「わかった」

いつものことだったが、何となくちさとは心細かった。

その夜、父はなかなか帰ってこなかった。ちさとは勉強道具をしまい、裁ほう道具を出したが落ちつかなかった。そのうち、家の近くでもサイレンが鳴り始めた。ちさとは反射的に立ち上がると、家中のカーテンを閉め、電燈を暗くした。そして、棚から自分のかばんを出そうとしたが、思い出したようにそのかばんを元に戻し、今日兄から届いたばかりのかばんを出して、その中にこまごまとした物を入れた。お仏壇の中に入っているさまざまな書類、ちさとと父のお守り、その他いろいろな物をつめると、かばんは大かたいっぱいになった。

そのかばんを食卓の上において、水を飲みに行こうと立ち上がった瞬間だった。バラバラという音が耳をつんざき、次にドカーンという音が聞こえた。

「空襲だっ」

こう言う男の声が聞こえるのと、隣のおばさんが飛び込んで来るのとはほとんど同時だった。

「ちさとちゃん！　早く逃げるのよっ！」

ちさとは食卓の上のかばんをしっかりと肩から斜めにかけ、おばさんにひっぱられて外へ飛び出た。もう目の前は火の海だ。ちさとは無我夢中で走った。おばさんに引きずられそうになりながらも走って走りまくった。突然、雷が落ちたようにまぶしく光った。ガーンという音が鼓膜《こまく》も破れんばかりにちさとの耳をたたいた。ちさとの横を走っていた女の人が、あっという間に火に包まれてしまった。

「ぎゃーあっ！」

女の人は悲鳴とも泣き声ともつかぬ叫び声をあげた。そしてその炎は、激しく動き回ったあと、突然、ねじの切れたぜんまいじかけのおもちゃのように、どさっと崩れ落ちた。ちさとは足がすくんでしまって動けなくなってしまった。

「ちーちゃん！　しっかりして！　走るのよ」

おばさんの声でちさとは意識を取り戻した。そしてはじかれたように、再び走り出した。ちさとの足の裏は火がついたように熱かった。家を出るとき、ぞうりをちゃんとはいたのかどうかも覚えていなかった。家屋が燃えているため、吹き出す煙でたまらなく苦しかった。ちさとの後ろや左右や前で何人もの人が焼《しょう》夷《い》弾《だん》に当たって燃えたような気がした。しかし、ちさとは二度と立ち止まらなかった。

　ちさとは悪い夢を見ているような気がした。夢なら覚めてほしいと思った。しかし、この熱さと苦しさは夢ではなく現実だった。ちさとには、父の安否も家がどうなったかも考えられなかった。ただ、熱くて、苦しくて、そして恐かった。もうおばさんが手をつないでいるのかどうかさえもわからなかった。幾人もの人がぶつかったり、叫んだりしたが、ちさとは何も感じられなかった。何も考えられなかった。悪夢の中をさまようように、ただ、ただ走り続けた。


　気がつくと、家の近くの総武《そうぶ》線のガード下にいた。隣りにおばさんがいるということは、ちさとの手をここまで離さずにつれてきてくれたということだ。ちさとは近所のおじさんやおばさんに元気づけられ、次第に自分を取り戻した。水をもらうと、ちさとは一気に飲みほした。防火用水の水を体にかけてもらい、体の火照《ほて》りを冷ますと、やっと生き返ったような気がした。

　自分を取り戻すと、ちさとは改めて自分の姿に目をやった。足は裸足のままだった。足の裏は一枚皮がむけた感じで、少しひりひりしたが、別にそう痛くなかった。服はところどころ黒くこげていたがあまり破れてなかった。肩からかけていたかばんは、少し黒くこげてはいたが、中身は全部無事だ。満州の兄が自分を守ってくれたような気がした。

　ちさとがかばんの中身を点検し終わった直後、父の賢が帰ってきた。父は、

「逃げる方向がこっちと反対方向だったんだ。ちさとが心配だったが、必ず生きていると信じていたよ」

と興奮気味に言った。

「幸司お兄ちゃんが守ってくれたんだよ」

ちさとは誇らしげに言った。賢もうなずいた。本当に幸司と母さんが守ってくれたのかもしれないと、賢は思った。

やがて、あたりが少しずつ明るくなってきた。どうやら鎮火《ちんか》したようだ。父の賢は立ち上がると、

「一度、家に戻ってみよう。それともここで待ってるかい？」

「ううん。ちさとも行く」

ちさとは自分の家を早く見てみたかった。立ち上がったが、足の痛みに驚いて、足の裏を見た。裸足で走ったために、足の裏をやけどしてしまったことを思い出した。歩き出そうとしたが、地面は熱した鉄のように熱かった。そんなちさとのようすに気がついた父の賢は、ポケットの中身を思い出した。

「ちさと」

「なあに？」

「ほおら、一日遅れの誕生日のお祝いだぞ」

父は上着の左右のポケットから、片方ずつ白い運動靴を取り出した。

「昨日、町会から帰る途中に売っててな、少し高かったが、買っといてよかったよ」

ちさとは、父の気持ちがうれしかった。白い運動靴をはくと、父に手を引かれて、我が家の方へ歩き出した。あたりはだいぶ明るくなっていたが、太陽はまだ昇っていなかった。焼け跡には、無数の炭俵のような物が転がっている。ちさとにはそれが何なのかわからなかった。

「お父さん、これなあに?」

「人間だよ」

父の声はちさとの中に重く沈んだ。昨日まで生きて動いていたのに、もう二度と動かないのである。ちさとは哀しかった。小さいのは、たぶん、赤ん坊の死体だろう。ちさとはただ、ただ哀しかった。

前を歩いていた父が突然立ち止まった。焼け野原になってはいたが、確かにちさとの家の跡だった。ちさとは食卓があったと思われる場所を見回した。何も残っていなかったが、わずかに茶わんのかけらが土に埋もれていた。立ち上がり、振り返ると、ちょうど朝陽が昇るところだった。太陽は今までに見たどんな朝陽より赤く、そして、どす黒かった。昨夜死んでしまった人々の魂でその太陽は燃えているようだと、ちさとは思った。この朝陽の色を、ちさとは決して忘れないだろう。

一九四六年六月。

「ちさと、行くぞ」

「はーい」

あの日からもう一年が過ぎていった。八月六日に広島、続いて九日、長崎に原子爆弾が落ち、八月一五日に戦争は終わった。ちさとと父の賢は、埼玉県川口市にある賢の実家に身を寄せ、そこから賢は毎日自転車で東京へ通い、生活のできる家を建て、生活費を稼いだ。そして、今日やっとちさとを連れて、東京の家に戻ることになったのであった。

朝に川口を出て、東京の家に着いたのは昼前であった。一年前は焼け野原だった所に粗末な平屋が建っている。自転車から飛び降りたちさとは、家の陰に誰か立っているのに気がついた。

「幸司お兄ちゃん?」

「ちさと?」

「幸司!」

三人が叫んだのはほとんど同時であった。少しやせてはいたが、まちがいなくちさとの兄、幸司であった。

「幸司お兄ちゃん、いつ帰ってきたの?」

「見ての通り今だよ。昨日、港に着いたんだ。ちさとに早く会いたかったんで、電車を乗りついで、今ここにいるんだよ」

ちさとは言葉が出なかった。話したいことがたくさんあった。

「このあたりはひどかったらしいね」

「ああ。でもこれからだからな」

「そうだね」

すべてはこれから始まるのだ。ちさとは思った。あんな恐ろしい朝陽を二度と見ないためにも。

「がんばんなきゃね」


〔後記〕この物語は私の母と祖父母の体験をもとに、一部創作を加えて書いたものです。物語の舞台、東京大空襲当時にはまだ幼かった私の母にはこの記憶はなかったらしいのですが、裸足では歩けないほど焼けた大地、炭俵のように転がる人々など、空襲から一夜明けた焼け野原の東京の様子は、私が祖母から聞かされた情景を、15歳当時の私なりに忠実に記したつもりです。(05年1月16日記)

(担当教諭/松本　良子)

祖母の戦争体験記

中《なか》込《ごめ》　百合子
（1980年度）

戦争末期は米の配給はほとんどなく、かぼちゃやさつま芋が主食になった。

一九四四（昭和一九）年、東京墨田《すみだ》区の本所《ほんじょ》に私と夫の事《つとむ》、小学四年生の一恵を頭に、淑子、一剛、希和子の六人が住んでいた。太平洋戦争が始まって三年目、ますます事態は悪化するばかり。そのころ町内には「隣組《となりぐみ》」制度ができ、食料はすべて「配給制」になっていた。働き盛りの男の人は次々と兵隊にとられていく。昨日も出征、今日も出征と、婦人会の人たちは日の丸の旗をふって見送った。

♪勝って来るぞと勇ましく……

といさぎよく歌い、送りだしたものの、終戦時には十人に三人しか帰って来なかったという。町に残っているのは女子どもと年寄りだけ。その子どもも中学生になると勤労動員で駆《か》り出された。

夫の事は石川島の造船所に勤めていた。新聞やラジオでは「勝った、勝った」と報道されるものの、内心は疑いと不安に満ちていた。もう日本はダメなんじゃないかと。

勝った時は町中でちょうちん行列をした。戦争反対の言葉を口に出すと、すぐに警察に引っ張られた。


東京では日増しに空襲がひどくなり、学童疎開が強制された。小学四年生の一恵と二年の淑子を山梨の姉の家へ疎開させた。まだ小さい育ちざかりの子を手放すのは心配で心配でたまらなかった。とめどなく涙が落ち、その晩は眠れなかった。あの子たちは風邪をひいていないだろうか、お腹をすかしていないだろうか、わがままを言って迷惑をかけていないだろうか……。さまざまの不安がいつまでもつきまとった。

一方、疎開先の姉の家にもたくさんの子どもがいた。田舎といっても食料は豊かではない。それまで五人の子どもで分けていた食べ物を七人で分けて食べなければならなくなったのだ。いくら身内とはいえ、歓迎される存在ではなかった。一恵と淑子はなれない畑仕事、洗濯、その他いろいろ迷惑をかけまいと自分たちでやった。毎晩、二人は夜空の星を見て、父母を思い出し、泣いていた。

一九四五（昭和二〇）年、今までよりも空襲はさらに激しくなっていた。毎日毎日、警戒警報や空襲警報のサイレンがけたたましく鳴り続けていた。

一恵と淑子はその後、山梨の祖母の家に疎開先を変えた。その二人の子どもに会いに、月一回くらい、私は山梨に帰っていた。三月八日、その日も七歳の一剛と三歳の希和子を連れて母のもとに帰った。あまりに空襲が続くので、一剛を山梨に預けようと決心したのだ。

ところが一剛はそれを知ると「いやだいやだ、帰るんだ！」と言ってきかない。私の心は揺れた。こんな小さい子を遠くに置いて行くのはやっぱりかわいそうだ。もし私と希和子に万一のことがあったら三人の子を残すことになる。それなら一剛もいっしょに、どうせ死ぬんなら親子いっしょに死にたい……。そう思い直した私に、一剛は翌朝、突然、何を思ったのか、「それならぼく、行かない」と言い出したのだ。

リュックに詰め込んだ一剛の荷物をもう一度取り出し、希和子をおぶい、満員のぎゅう詰め電車に揺られて、私は東京に帰ってきた。三月九日のことである。

その日は警戒警報、空襲警報が相次いだ。サイレンがおさまらなかった。一晩中闇の中にいた。まるで私の心の中のようだった。

三月十日。東京大空襲。

バーンバーンバーン……空から焼夷弾が次々と落ちてくる。そこら中に火事が起き、大地はたちまち火の海になった。ものすごい爆風が吹きつけ、そこら中をかけめぐる。私は希和子をおぶおうとした。ひもがとれない。ものすごい爆風のため、持っているのもやっとだ。必死の思いで希和子を背中にくくりつけ、二月の空襲で焼けて空き地になったところへと向かった。

爆風のため燃えているものはすべて空に舞い上がり、飛んできて人や物につき、それがまた飛ばされ空に舞い上がり、ものすごい速さで四方八方へ飛んでいく。何枚もの布団が火がついたまま、ぱ～っと空に舞い上がり、地上のあちこちに急降下し、逃げていく人々や持ち物に襲いかかる。私が手に持っていた袋、干し芋はいつの間にかどこかへ飛んでいってしまった。

火は地面に舞い歩いている。私の目は灰のために見えなくなってきた。背中の希和子が、

「おかあさん、あっち！　危ない！　ちがう！　こっち！」

とずっと指図《さしず》してくれた。

ようやく空き地にたどり着いた。そこは大勢の人が集まっているので、B29が気づいたのか、集中的に落とし始めた。そこら中は火の海。人がバタバタ焼け死んでいく。体に火がついた人は川の中に飛び込んだ。しかし川はものすごい猛火が渦巻いている。飛び込んだ人はすぐに火災で焼け死んだ。

橋に避難する人も大勢いた。しかし大勢の人を乗せた木の橋はやがて火を受け、熱でしなり、ずぼーんとものすごい音をたてて川に落ちた。たくさんの木の橋はみな橋に埋まるほどの大勢の人を乗せて、ずぼーんずぼーんと次々落ちていった。周りは火に囲まれ、もう逃げられない。

体に矢のように飛んでくる火を、次々消していくしかないのだ。おぶっていた希和子をお腹の方にかばうようにして入れ、体にからみつく火を必死で消した。手を足を全身を動かした。死にものぐるいで動かした。

「南無阿弥陀仏《なむあみだぶつ》、南無阿弥陀仏……」

という声がものすごい叫び声と共に次第に弱まり消えたころ、空が白みかけていることに気がついた。まわりは黒こげになった死体が重なり合って、山のようになっている。その死体は服が焼け、膚《はだ》も焼けただれて茶色くなり、男か女かの区別もつかないほどだった。

私はしばらく立ち尽くした。

「歩ける人は中和中学校に避難せよ」

という声が聞こえた。その場所には二、三人しか生きている人はいなかった。重なり合った死体をかきわけかきわけ、中学校のコンクリートの建物へと向かった。そこには人がわんさといた。横になって寝ることはできない。ただぼけっと座っていた。赤ん坊をさかさにおぶってニタニタ笑っている人、叫び狂う人、茫然《ぼうぜん》と立ちつくす人、うろうろ歩いている人、うなる人、まるで地獄のようだった。どの人もどの人も服は焼け、体のあちこちにやけどをしている。私は山梨に帰った……(実際にはまる三日間、意識不明になり、眠ったような状態でいたので、「山梨に帰った」というのは妄想にすぎない)。

一方、夫の事は、妻が空襲にあったという知らせを聞いて、本所《ほんじょ》付近をさがした。毎日毎日さまよい歩いた。しかしいくらさがしても見つからない。もう死んだかもしれないと思い、黒こげの死体の中から妻と子の姿を見つけ出そうとした。

とうとう妻のもとよらしい洋服のきれはしをつけ、二、三歳くらいの子どもを抱いている死体を見つけた。死体を運ぶトラックの人に、「これを運ばないでください」と頼み、その上にトタン板をかぶせ、「中込もとよ、希和子」と書き、しばらく無心に拝《おが》み続けた。そして妻の妹の家がある王子《おうじ》に行った。

「もとよ、希和子は死んだよ」

と言い、さすがの事も玄関先で泣きくずれた。

空襲があって四日目、妻の妹の家に親類のおじさんがやって来て、「もとよは生きている」と伝えた。事は半信半疑で中和中学校に足を速めた。

いた！　もとよと希和子が！　声も出なかった。とめどなく涙が流れた。

「よかった。本当によかった」「生きててよかった」

二人は互いにうなずきあった。


私たちは山梨に帰ろうとした。しかし私と希和子の服はボロボロだ。東京ではこんな姿の人はいくらでもいるが、山梨に行くにはひどすぎる。途中、知り合いの人から服をもらって着た。電車はひどい混み方で、ぶら下がるようにして乗った。

やっとの思いで山梨に着き、家に帰るとみんな「よかった、よかった」と喜んでくれた。

それまで私は、自分では気づかなかったが、みんなから言われ、自分がひどくやけどしているのに気がついた。そこで治療し、気がゆるんだせいか、体のあちこちが急に痛み出し、何日も寝込んだ。


八月十五日。

とうとう終戦を迎えた。ほっとした。一ぺんに肩の荷がおりたようだった。心にぽっかりと大きな穴があいたようでもあった。しかしこの先、日本はどうなるだろうか。女子どもや年寄りは、占領軍に殺されはしないだろうか、という不安も広がった。しかし負けても何でもいいから戦争が終わって本当によかった、と思った。
東京大空襲では私の近所はほとんど全滅だった。町内で残ったのは一、二軒。その中に私と希和子がいたのだ。もしもあの時、一剛まで連れていたら、私たちは今きっとここにいなかっただろう。
戦後、私たち一家は山梨で「あまり育たない土地なら売ってやる」と言われ、その土地を買い、農業をやることになった。しかし農業経験のない私たちがいくらがんばっても、収穫できる量はしれたものだった。生活は貧しかったが、それでも戦争中のように空襲で脅《おびや》かされることなく、一家六人がいっしょに安心して暮らせることが何より幸せなことだった。

苦しかった時代は過ぎ、いま私はこうしてゆったりと東京に住み、お金も貯め、たくさんの孫をもち、豊かに幸せに暮らしている。しかし今でも私は、花火の「ドン」という音は爆音に聞こえ、夜空に明るくパッと散るその様子は「爆弾」に見える。今でも松の木のこぶを見ると、あのときの黒こげの死人の顔を思い出す。

（私の父方の祖母の戦争体験談をもとに書きました。）

（担当教諭／小野田　明理子）

一九四五年三月一〇日

石橋　友紀
（1983年度）

「どうか、この子たちをお願いします」
房子はそう言って、五歳の紀子と、一歳になったばかりの千代を夫（千年）の母に預けた。
「いいんですよ。あなただって忙しいんだし。でもね、あなたたちもこちらへ来られないものかねえ。東京じゃ、食べる物もろくにないんだろう。せめて、一晩だけでも泊っていきなさい。何もすぐ帰るってことはないじゃありませんか」
「ええ、でも東京の家が心配なんですよ。千年さんは病院に行っていていませんから。歌子ちゃん（千年の妹）一人じゃ、心細いでしょうし。なにせ東京は、毎晩空襲で、寝るひまもろくにないんですよ。じゃあ、紀子、千代、いい子にしてるのよ」

そう言って、房子は信州から浅草に帰って行った。この時、房子の身の上に、あんな恐ろしいことが起ころうとは、誰も夢にも思わなかった。この日は、ほかならぬ一九四五（昭和二〇）年三月九日だったのである。

「空襲、空襲！」

という声と、鳴りひびくサイレンの音で、房子は目を覚ました。紀子と千代を、信州へ預けた日の夜のことである。

「歌ちゃん、起きて、早く、さあ、歌子ちゃん」

その時だった。二階で何かが割れるような、大きな音がした。

「何だろう？」

房子は、あわてて二階へかけ登った。彼女は、驚きのあまり声も出なかった。焼夷弾《しょういだん》が二発、家に落ちたのだ。「家を守らなくては」という一心で、二人は燃えあがる火を消そうとした。しかし、火は一向に消える気配もない。

「ああ、こんな時に、千年さんさえいてくれれば」

運の悪いことに、この日、千年は、済生会の浅草分院の夜勤で家を空けていたのだった。

「どうしているだろう、千年さんは。あっちにも焼夷弾は落ちたのだろうか」

気づいた時には、火は二階いっぱいに広がっていた。その時、隣の主人が、かけ込んで来た。

「何をしてるんだ。逃げるんだ。早く！　急いで」

外に出た時、房子は再び驚いた。焼夷弾が雨のように降ってくるのだ。五人（房子、歌子、隣りの夫婦、その娘真理子）は、襲いかかる火をよけながら、無我夢中で走った。生き地獄とは、まさにこういうことを言うのだろう。崩れ落ちる家の下じきになって泣き叫ぶ子ども、その子を救おうとして必死になる親。その光景を気にしながらも逃げていく人々……。

「信州はだいじょうぶだろうか？　紀子と千代は無事だろうか」

房子は逃げながらも、二人の子どものことが心配で、心は信州にあった。

カタカタ……ゴトン
「あら房子さん戻って来たのかしら？　汽車の切符が買えなかったのかも知れないわ」

そう言って、みんなは喜んだ。さっきから千代が泣きやまないのだ。紀子も嬉しかった。お姉さんだから、がまんしていたものの、どんなにつらかったことか。まっ先に紀子が玄関へ走った。

「……？」

そこには誰もいなかった。誰もいない玄関が紀子には妙に悲しかった。紀子の頬に熱いものが走った。

「あらまあどうしたんだい、この子は？　お母さんはどうした？」

紀子は何も答えられなかった。今は、母親がいないのが悲しいのではなかった。

「お母さんに何かあったんだ」

幼いながら紀子は直感的にそう思った。彼女の小さい胸は不安でいっぱいだった。


熱い、熱い——。

いつの間にか、房子は歌子と真理子がいなくなっているのに気づいた。

「歌ちゃんと真理子ちゃんがいない」

三人は必死にあたりを見回したが、この人ごみでは、とうてい見つからない。そばの家が火でくずれていく。

「ああ、歌子ちゃんが死んでしまったらどうしよう。くずれた家の下敷きになって助けを求めていたら……」

房子は泣きながら走った……が、涙が出ていたかわからない。この熱で逃げていく人の眼はみな乾いていた。乾いてしまって、眼はなかなか開かなかった。人々は見えない眼で、無我夢中で走った。道は死がいでいっぱいだった。ただ逃げているだけではどうにもならない。

「観音様の境内へ行こう」

三人はそう言って浅草寺《せんそうじ》へ向かった。浅草寺は焼けていなかった。寺は逃げて来た人々であふれていたが、歌子と真理子の顔はどこにもなかった。

その時だった。突然のキューンという金属音とともに、空から何かが降ってきた。房子の側にいた人は即死。背中からドクドク血を流して倒れていた。赤ん坊をかばうようにして倒れている母親には、もう息がなかった。泣き叫ぶ赤ん坊は、母親の死に気がついているのだろうか。房子の胸はドクドクと鳴っていた。目の前のあまりにも多くの人の死に、房子は腰が抜けてしまった。隣りの主人が房子をささえるようにして立たせてくれた。

「ここは危い。川へ逃げよう」

三人は隅田川まで走った。その間にも、死んだ人、死ぬのは時間の問題という人を多く見た。何もかもが地獄だった。川のそばには、たくさんの人が死んだように座りこんでいた。熱さのあまり、川へ飛び込んだ人は、三月の川の冷たさにこごえ、川からはい上がる気力のある人はほとんどいなかった。一人の男が叫んだ。

「助けて、助けてくれ！　寒くて死にそうだ」

人々は疲れて動けなかったのに、男を助けようと、腰ひもをつなぎ合わせて、その男を川から救いあげた。

「息子がまだ川ん中にいるんだ。助けてやってくれ。お願いだ」

しかし、息子はすでにぐったりとしていて、助けようもない。男は泣き叫んだ。しかし、もう誰にも、その男をなぐさめる力は残っていなかった。

「なぜこんなことがあるのだろう。こんなにたくさんの人が死んでいいのだろうか。こんな悲しい死に方ってあるだろうか」

房子は火傷で何倍にもふくれあがった自分の手足を見て思った。どの人の体もピンク色だった。痛い痛いと泣き叫ぶ子どもに何もしてあげられない母親を見て、房子は、紀子と千代を信州へやって良かったと、つくづく思うのだった。

その晩は河原で寝ることにした。だが眠れない夜だった。真夜中だというのに、街の方は昼のように明るかった。空は一面紅に染まり、信州で見る夕焼けのようにきれいだった。房子はきれいだと思う自分の心にがまんができなかった。

「家も器械（房子の家は歯医者だったので、治療用の機器があった）も全部焼けてしまっただろう。この先、私たちはどうやって生きていくのだろう。何のための戦争なのか。戦争をやって、私たちに何のいいことがあったのだろうか」

房子は、いつの間にか眠っていた。

次の朝早く、房子は目を覚ました。昨日、川から救った男はすでに冷たくなっていた。

「こうしていても仕方ない。家に帰るか」

しかし、家には誰も帰っていなかった。家といっても何も残っておらず、歯医者の道具が半ば溶《と》けてポツンと立っていた。炭も残っておらず、一面茶色の世界だった。

「これがあの浅草だろうか？」

房子はあたりを掘ってみた。ナベが玉のように固まって出てきた。ガラスも、グシャグシャに溶けてころがっていた。金属が溶けるなんて……。ガラスが溶けるなんて……。これじゃあ、私が助かったのが不思議なくらい。千年さんも、歌子ちゃんもきっと助かってはいないだろう。

と、その時、近づく足音があった。

「生きていたのか、房子！」

その声はふるえていた。房子は涙にまみれた千年の顔を見つけた。房子の目にも涙がたまった。

「歌子はどうした？」

「それが、昨日はぐれてしまって、まだ帰って来ないの」

千年の顔は暗くなった。

「昨日の空襲はひどかったからなあ。たった二時間で何万人も焼け死んだそうだよ。なかでもここ（浅草）は二、三万人だと。もうだめだろう」

昼になったが、歌子は帰って来なかった。食べる物は何もなかった。あったとしても何も食べられなかったろう。夕方、もう歌子のことはあきらめて、今夜泊まる所をさがしに行こうとした時だった。

「お義姉ちゃん！」

歌子は、炭でまっ黒になった顔を、ニコニコさせて帰って来た。

その日、歌子は、母たちが心配しているといけないといって、信州の実家に帰って行った。房子と千年は東京に残って、もう一度やり直すことにした。その日は、南千住の軍事工場に泊めてもらった。その晩も空襲があったが、房子は千年と一緒だったので心強かった。


それから五か月がたった。戦争は終わったが、房子と千年は信州に帰って来なかった。

「どうしたんだろう、房子さんたちは。連絡くらいくれたっていいのに」

「紀子ちゃんだって、こんなに心配しているのにねぇ」

その時、ガラガラッと玄関の戸が開いた。

「ただいま」

それはまぎれもなく房子の声だった。

いだろう。

まっ先に、紀子は飛び出していった。紀子たちがどれほど喜んだかは、ここに書くまでもな

「あっ、お母さん」

〔後記〕紀子というのは私の母です。つまり房子が私の祖母、千年が祖父になります。祖父母は、この話を私が聞く時、すんなりと話してくれました。戦争のおそろしさを後のちまで伝えたかったのだと思います。また、東京大空襲の時に、信州の家の玄関がカタカタと鳴り、祖母が、切符が買えなくて戻ってきたと思ったという話は本当だそうです。空襲でどうしようもなくて、心だけ逃げて来たんだろうと、後でみんなが話したそうです。

（担当教諭／堀内　かよ子）

Ⅳ 炎の町を生きのびて

生きたい

小山　史織
（2001年度）

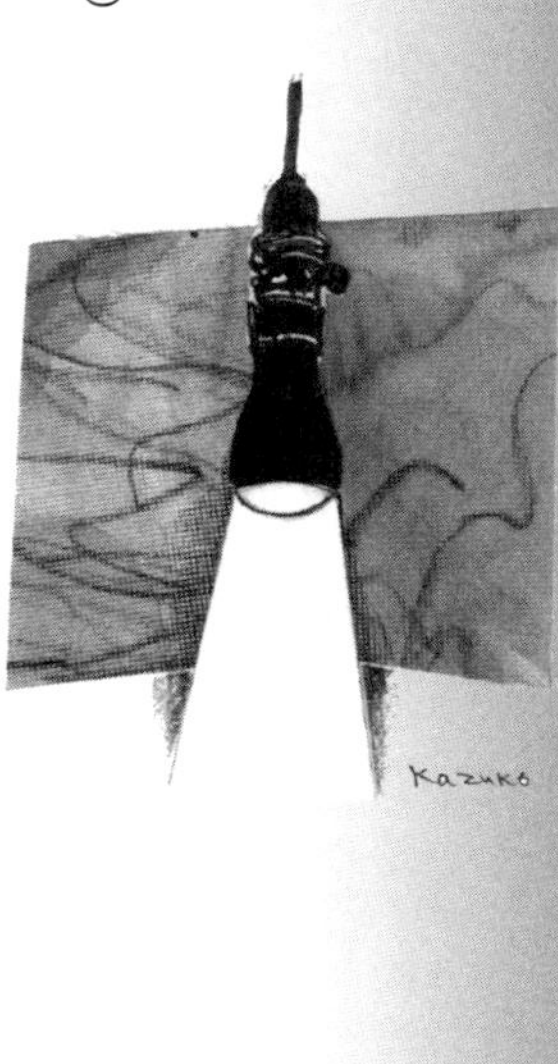

灯火管制。

「地獄絵だ……」

太平洋戦争が始まって早くも四年もの歳月が流れようとしている。戦争が始まってまだ間もない頃はフィリピンやシンガポールなど南東の島々や、中国大陸全体に戦場が広がっていた。ハワイの真珠湾《しんじゅわん》攻撃が成功したことや、数々の島を占領したことを聞いて喜び勇んでいる人たちを見ながら、私は不安を抱いていた。資源もなく、国土も狭い我が日本国が米国なんていう大国に戦いを挑んだところで、政府が言うように本当に勝てるのかと。しかし、日本だって全く勝算《しょうさん》のない戦争をしかけるほど馬鹿じゃないだろうと、自分を納得させることにした。

けれど祖国を信じようとした私のちっぽけな愛国心は無情にもわずか二年足らずで打ち砕か

れた。開戦から二年が経った頃から玉砕《ぎょくさい》の情報がちらほら聞こえ始め、三年が経った頃にはあちこちで日本軍玉砕のうわさが流れてきていた。

「負けるんだ」

そう確信した。

日本の負けを確信してから一年。負け戦《いくさ》で死んでたまるかと地面を這《は》いつくばるような思いで激しい空襲にも耐え、東京という土地柄、食べ物が乏しいことも我慢した。また、幸か不幸か勤務先の印刷会社が紙幣の印刷にたずさわっているためか、私は特別な技術を持った人間に分類してもらえたらしく、召集《しょうしゅう》令状が二〇歳を越えた今でも自分の手元に届いておらず、お国のために戦わなくてもすみそうだった。

もうここまできたら生きるしかないと私は思った。正確に言えば「生きたい」と思った。それは、茨城に疎開している義父や義母とまた一緒に暮らすためであり、友人たちと他愛《たあい》のない話をしながら笑いあう喜びをもう一度かみしめるためでもある。

あともう少しだ。もう少しなのだ。私の願いが叶うまで、もう少しの辛抱なのだ。――あと少し戦火の中を生き延びるんだ。

私はそう強く自分に言い聞かせた。一九四五（昭和二〇）年三月のことだった。

三月に入って陽射しもだんだんと柔らかく暖かくなり、もうそろそろ春が訪れるのだということを告げている。私は春が好きだ。その理由は本当に単純なもので、ただ一年のうちで一番美しい季節が春だと思うからに他ならない。そして三月九日の今日もそんなありふれた一日だと思っていた。

出勤中に見つけた、蕾《つぼみ》の膨《ふく》らみかけたコブシの花を素直にきれいだと思い目を細め、帰宅してからは灯火管制《とうかかんせい》の薄暗い光の中で幾度も読んだ小説のページをめくっていた。

「もう寝るか」

なんとなく発した言葉が誰もいない部屋に響いて寂しさを増幅させた。夜はいろいろなことを思い出してしまうから、私は暗闇に慣れかけた瞳を無理やりにつぶった。

九日から一〇日に変わるか変わらないかの時刻、鳴り響く空襲警報。左耳から右耳へ貫通しそうなその怪音に夢の中をさまよっていた私は目を覚ました。布団を跳《は》ねのけ、ガバッと立ち上がった。

頭で理解するより前に私の足は勝手に玄関へ向かっていた。靴をひっかけるようにして玄関の戸を開けると悪寒《おかん》がした。外に出てまどろむ瞳で空を見上げれば飛行機の群れが飛んでいる。

――Ｂ29……空襲だ……。

やっと頭が理解する。今までとは比べものにならない数のＢ29が自分の上を飛んでいる。背筋を冷たい汗がしたたり落ちる。家々の屋根がガタガタと揺れている。手の平いっぱいに嫌な汗をかいてゆく。思考回路はもうほとんど働いておらず、私はそこに立ちつくしていた。

するると突然、自分の家の三軒先が燃え始めた。

——焼夷弾《しょういだん》が落とされたんだ。逃げないと死ぬ。

体は走り出していた。「死ぬ」というその言葉が頭をよぎるたびに妙に息があがった。どうにかして助かろうと、考えられなくなりつつある頭で必死になって考えた。どんどん迫ってくる真っ赤な炎が恐くて、何度も足がすくみそうになる。それでも私を走らせているのは純粋に「生きたい」という思いだけだった。

真夜中だというのに夕焼けのように赤く染まってしまっている空に義父や義母、友人、恩師……またもう一度逢いたい人たちの顔が浮かんでは消え、浮かんでは消えていく。肌に感じる異常なまでの熱気の中で、

「こんな所で死ねない。生きなくちゃならない」

そうつぶやく。

「生きたい、生きたい、生きたい……」

何度もつぶやく。その時、ふと考えついた。

——隅田川《すみだ》だ。隅田川に行こう。

そこだったら当然、水はたくさんあるはずだから助かるかもしれない。もつれそうになる足で隅田川へ向かった。その間にも焼夷弾による容赦《ようしゃ》ない爆撃は続いている。火の雨が降り、火の海が広がる。遠くでＢ29のエンジン音が聞こえて、近くで家屋が燃えて崩れていく音が聞こえる。恐怖が体を支配しそうになるのを寸前でなんとか押さえて、一定のリズムを刻みだしている自分の足音を聞く。そして心をもとの状態に戻す。こんなことを繰り返しながら、やっと隅田川が見えてきて、少しほっとした。こんな状況でも人間というものは考えることが似かよっているらしく、隅田川にはすでにたくさんの人がいた。集団心理でも働いたのか、これだけ多数の人がいれば助かるだろうと思った。

しかし、そんな私のはかない期待は全く通用しなかった。隅田川のふちに近づいた私は、声が出せなかったというよりは出なかった。その場に座りこまないように立っているのがやっとだった。

隅田川の舟や浮遊物から炎が立ちのぼっている。それなのに周りの人は隅田川に飛び込もうとしている。もう飛び込んでしまった人もいる。そして、息絶えてしまった人もいる。勢いよく燃えさかる炎を反射している隅田川は赤い。炎のさか巻く赤い川。それはまるで地獄の血の川だ。その血の川へと飛び込み死にゆく人、人、人……。

「地獄絵だ……」

私はそうつぶやいた。

――おかしい、何かが変になってる。

「狂ってるよ！」

私は叫んだ。どんなに叫んでみたところで今の状況が変わるとは思えなかったけれど、何かしていないと気が変になりそうだったから叫んだ。

近くにいる人が一人、また一人と血の川に飛び込む。水しぶきが上がって、ほとんど意味を持たない奇声がする。

だんだん息が荒くなってきて、しまいには涙がでてきた。恐くて泣いているのか、哀しくて泣いているのかわからなかった。それとも何とも思っていなかったのかもしれない。ただそれでも涙はこぼれてきて、「生きたい」という言葉が口から漏《も》れた。

気がつけば私は隅田川の対岸にいた。もう夜が明けそうで空襲も終わり火も消えていた。どうやら私はあの夜、人の波に流されて橋を渡ったため死なずにすんだらしい。

あたり一面焼け野原でかなり遠方まで見渡すことができた。とりあえず家があった所まで戻ろうと歩き始めた。その道すがら家であったもの、木であったもの、そして人であったものをたくさん見た。なんとも言えない気持ちに心の中が独占された。私はどうしてよいかわからず、その場を逃げるように走って家のあった場所に帰って来た。

それからは本当に月日の経つのが早かった。バラックに住み、空腹に耐えながらも会社に出勤する毎日が続いた。そうこうしているうちに春が終わり夏が来た。八月になってすぐ、広島と長崎に新型爆弾が投下された。

そしてその数日後、八月一五日に私は会社で同僚たちと共にラジオから流れてくる玉音放送を聞いた。仲間のざわめきや深いため息やすすり泣く声を聞きながら、私はその場を離れた。

あの日、隅田川で死んでいった人たちは狂っていたのだろうか。いや違う。自分と同じように生きようとしただけだ。そして空襲の後の家路で見た、死んでいた人たちも生きようとしていたはずだ。それなのになぜ死ななければならなかったのだろう。

——なぜ……。

口をついて出そうなその疑問を押しとどめた。口にしたら、それがとても安っぽいものになりそうだったから。だから替《か》わりにつぶやいた。

「生きたい」

〔後記〕この文章中の「私」は母方の祖父だ。今まで祖父から戦争の話など聞いたこともなかったし、聞こうともしなかった。今回、初めて祖父から話を聞いて、祖父の違った一面を見たような気がした。

ふだん、とぼけてばかりいる祖父が何となく苦々しい顔をしていた。祖父は今はもう会社を退いて、元気に暮らしている。せめて祖父のこの平穏な日々がずっと続いてくれたらと祈らずにはいられない。

（担当教諭／松本　良子）

帰らざる日

大石　真弓
（1994年度）

それは一九四五（昭和二〇）年四月のある日のこと……。
ここは東京の蒲田区（現在の大田区）。まだ自然は残るものの、軍需工場が立ちならぶ地域である。
その日はなぜか雲がどんよりとしていて、まるで今にも泣き出しそうな天気だった。いつものように久子は目が覚めた。まだ眠い、というよりなんだか体が重い。無理もない。朝早くから夜遅くまで軍需工場で働くのだ。疲れがたまるのも当然だろう。この頃は戦争も日増しにひどくなる一方で、学生や未婚の女子も工場に動員されるようになっていた。今年で一八歳になる久子としても例外ではない。確かに仕事はつらい。が、これもお国のため、天皇陛下のため。

「こんな暮らしも戦争もあと少し……」

自分自身に言い聞かせるような言葉だった。もんぺ姿に着がえ、粗末な朝食をとる。毎日毎日ジャガイモやカボチャばかり。お米なんてもう絶対に手に入らない。飢え死にしないためにも、手に入るものを食べなくてはならないのである。農村はともかく、都心ではどこもこうだった。

「さあて、行ってくるか」

見送るのは人気のない部屋。山形県で生まれた久子は一四歳の時上京して、それ以来働きながら一人暮らしをしてきたのだ。それにしても、今日でこの家と別れるはめになるとは夢にも思わなかった。

久子が勤めているのはいろいろな部品を作る工場。女性だけでなく男性も働いている。皆黙々と仕事をしている。現場には工員を見張る監督官がいて、怠けることはもちろん、滅多《めった》なことも言えない。ただ刻々と時だけが過ぎていった。

帰る頃は一〇時近くになっていた。あたりはまっ暗で、ぶ厚いカーテンのすき間からこぼれてくるうす暗い明りがちらほらと見えるだけだ。こうして暗い所を一人で歩いていると、なんだか心細くなってくる。足取りも重く、思うように足が動かない。

「いつまでこんな生活が続くのだろう……」

空襲もこの頃毎日起きているという。まだこの蒲田区は直接被害にあってないが、いつ見舞われるかもわからない。空襲におびえながら暮らす毎日……。

「フウッ」

ため息が闇《やみ》に溶《と》けこむ。早く戦争なんか終わってほしい。誰もが願っているであろう思いを抱えながら、久子は家路を急いだ。家に着いたらもう何もしないで布団にもぐりこむ。明日はまた早いのだから。寝るといっても、もんぺ姿のままで靴下もはいたままだ。枕元には自分の名前・住所・血液型が書いてある防空頭巾を置いておく。もし夜中に敵が襲ってきても、すぐ逃げられるようにするためだ。

もちろんいくら熟睡していても、サイレンが鳴ったら即起きなければならない。とくに一人暮らしをしている久子は誰かに起こしてもらえるわけでもない。自分で起きなければ焼け死ぬかもしれないのだから、この習性はもう身についてしまっていた。

久子はまた寝返りを打った。いったいどうしたのだろう。いつもはすぐ眠れるというのに、今日はなかなか寝つけない。疲労感だけが体に残っている。外はとても静かだ。遠くの方で鳴いている犬の声だけが聞こえてくる。久子にはそれが何かの前兆《ぜんちょう》のように思えてならなかった。

突然、その静寂は破られた。あたりに警戒警報のサイレンが鳴り響いたのである。その音はまだうとうとしていた久子の耳にも飛び込んできた。とたんにガバッとふとんをめくる。急いで窓の所に行き、外のようすをさぐった。いつのまにか雲はなくなっていた。まだB29の音は聞こえないが、まわりも騒がしくなってきた。今度は空襲警報のサイレンが鳴った。向こうの方ではサーチライトが空を照らしている。これはただごとではない。

久子は急いで防空頭巾をかぶると、着のみ着のまま表に飛び出した。外には普段荷物だけ入れてある防空壕がある。久子はいつものようにそこへ入った。防空壕の中は狭いうえに息苦しい。身を固くしてじっと外のようすをうかがっていると、すぐにエンジンの音が聞こえてきた。B29！　ここにいては危ない。久子はとっさにそう判断すると、はじかれたように走り出した。

ひたすら走る久子の後ろを追うようにしてB29が照明弾《しょうめいだん》を落としてくる。照明弾は焼夷弾《しょういだん》と異なり、空中で爆発してそのかけらが火を伴って落ちてくる。夜だというのに昼以上に明るい。落ちてきた火の塊が家屋や物に燃え移り、すぐに火の海と化してしまう。進もうにも火の粉が舞い上がり視界が悪い。

周りすらよく見えない状況で、久子はただひたすら六郷の土手をめざして走り続けていた。あそこは川がすぐそばにあるし、広くてまわりに何もないから比較的安全だろう。逃げ道がまだ火で囲まれていなかったことが、せめてもの救いだった。

ドシッ。ふいに誰かにぶつかった。

「ごっ、ごめんなさい」

「……」

その人はキッと久子をにらみつけて駆けて行った。誰もがパニック状態だった。もともとこの非常時に冷静になれというのが無理なのだ。人々は叫び、ただ逃げまどっていた。もうこうなってしまうと、普段教えられている「バケツリレー」なんて、全く意味をなさなかった。

火を背中に感じる。走っていても後ろから火に呑み込まれそうだ。その背中でドサッと鈍い音がした。

「お母さん、どうしたの。ねえ起きてよ」

泣き声交じりの幼い悲鳴。それが何であるか知りながらも久子は後ろを振り返ることができなかった。手をぐっと握り、歯をくいしばりながらそれでも走り続けていると、自然に涙がポロポロと出てきた。熱線のせいですぐ渇《かわ》いてしまう涙。死への恐怖ではない。悔しさでもない。とうに麻痺《まひ》していた感情が再び湧き起こる。駆け寄って手を差しのべることもできない。自分は、自分は……。いろいろな思いがごちゃ混ぜになって久子の心にうずまいていた。

かくて久子は無事に六郷の土手にたどり着くことができたのである。土手は人々でごった返していた。大勢の人々に囲まれて、久子は初めて安堵《あんど》感というものを感じた。顔は涙と汗でぐっしょり。衣服にも火の粉がふりかかりこげついていた。

しかし、まだ空襲は終わったわけではなかった。久子が走ってきた方角はあい変わらず火で覆《おお》われている。しかもB29がこの土手にも照明弾を落とし始めた。もうダメだ。空中でパアッと光って分散するそれをボンヤリと眺めながら久子は思った。この人ごみでは逃げることはおろか走ることもできない。それに今さらどこへ逃げるというのか。川の中？　いやもっと安全などこかへ行かなくては。早く！　しかし、久子はじっと空を見つめたまま動かなかった。いや動けなかったのだ。ここへ逃げてくるまでに持っている気力と体力を使い果たしてしまったらしい。他の人もほとんどが動こうとはしなかった。疲れた顔をして地面に座り込んでいた。

ふと久子は土手の向こう側を見た。川を挟んで向こう岸は川崎市で、軍需工場がたくさん建っていたはず。しかしそこも赤く染まっている。ハッとした久子の耳に聞こえてきたのはガラスの割れる音だった。たぶんそれは工場のガラスだろう。ここからは人影は見ることができなかった。照明弾は川の中へも入っていた。まわりは夜なのに昼以上に明るく、それがキラキラと川底へ沈んでいくようすは、皮肉にも夏の夜空を彩る花火のように美しかった。

どのくらい時が経っただろう。二、三時間か。いやもっと短かったかもしれない。人間、このような状況におかれている時は、時間がとてつもなく長いように感じられるものだから。蒲田区を火の海にしたＢ29の音がようやく遠ざかっていった。

久子は無事だった。土手ということで周りに燃える物が何もなく、風もそんなに強くはなかったので奇跡的に助かったのである。久子は大きく息をした。今さらながら運命というものに感謝した。まだここを離れることはできないが、それでも空気はいくらか和やかなものに変わり、会話もささやかれるようになった。

やがて東の方からほのぼのと光がさしてきた。夜明けだ。久子は一夜を土手で過ごしたのである。人々はにわかに動き出した。久子もようやく立ち上がると、家の方向へと歩き出した。道の周りはまだ火がくすぶっていたが、それでも何とか歩くことはできた。数時間前に必死に走ってきた道を今もう一度通るのは、何だか変な気持ちがした。

久子を待っていたものは、昨日までの住みなれたアパートではなかった。すべて焼けてしまっていた。部屋も家具も防空壕すらも全部。まったく予想しないわけでもなかった。逃げる時も家のあるあたりはすでに火に包まれていた。命が助かっただけでも十分埋め合わせができるはずだ。

しかし、やはりショックは隠せなかった。昨日までの自分の生活というものが、積み重ねてきた想い出が、頭の中でガラガラと崩れていった。

大家さんや同じアパートに住んでいた人たちも皆行方知れずだった。今の久子には何も残されていない。住む所も食物も、自分を知っている人すら失ったように思われた。再会を喜ぶ人もいないまま、久子はそこでその日一日を過ごしたのである。

翌日、久子は自分の勤めていた軍需工場へと向かった。蒲田区はどこも大惨事だった。家はほとんどが焼けており、皿のかけらやひび割れたおはじきなどが、そこらへんに散らばっていた。道路は瓦礫《がれき》の山と化していた。ともかく歩ける所を歩いていくと、馬の死骸や衣服の切れっぱしのようなものが目についた。久子はちらりと横目で流すとまた歩き出した。何ともやり切れない気持ちだった。

軍需工場は幸い焼けてはいなかった。久子は工場の寮に入ることになった。元は男性専用だったのだが、そんな贅沢《ぜいたく》は言っていられなかった。

それからもたびたび空襲はあった。戦闘機がやってきた時、運悪く庭で洗濯物を干していた人が狙撃《そげき》される、という事件も起きた。でもあの空襲で、蒲田区の軍需工場や会社はほぼ壊滅《かいめつ》状態になったので、あれ以上のものはもうなかった。そして終戦を迎えた。

今でもあの日のことは久子の心の片隅にしっかりと残っている。遠い記憶の中にいつまでも眠り続ける、帰らざる日として……。

〔後記〕この物語に出てくる久子というのは、私の母方の祖母です。祖母は終戦後実家に帰り、そこで結婚しましたが、現在はまた東京に戻ってきています。

一生忘れることのできない土地、東京。いったい祖母はどんな気持ちでこの土地に戻り、終戦五〇年目を迎えたのでしょう。一人で体験した戦争は、祖母にとって孤独との闘いでもあったと思います。私が遊びに行くといつも笑顔で出迎えてくれる祖母。その笑顔の裏にこんなことがあったなんて、幼かった私には知るよしもありませんでした。それでも私にはこうして話を聞いて、それを文字に表すという機会が巡ってきました。この作文を通して、私自身何かを学べたと思います。青春を戦争に盗られてしまった祖母には、まだまだ長生きして幸福になってほしいです。

（担当教諭／松本　良子）

越えられない一歩

秋元　悠里
（２００３年度）

空襲にそなえて町角には防火用水が置かれた。上に乗っているのはバケツ。

一九四四（昭和十九）年、慎太郎は中野無線学校へ通っていた。赤紙が届いたため、同級生と共に赤坂にある首都防衛の電波兵器を操縦する特殊部隊に入隊した。部隊は班ごとに分かれており、軍曹、星三つの上等兵、星二つの一等兵、星一つの二等兵、星なし、と班の中で階級があり、一階級でも上の兵隊の命令は絶対であった。

夕飯が終わった。慎太郎は炊事当番のため、ご飯や味噌汁が入っていた桶《おけ》を洗いにきた。そこで目に付いたのは、上級兵が食べ残した大きなおにぎりだった。

（拾って食べてしまいたい……。）

たった今食事したばかりだというのに、まだまだ空腹感は満たされていないのだ。毎日の、銃剣術や射撃などのハードな軍事訓練に、食事の量が全く釣り合っていない。常に空腹で、飢えていた。

しかし、仲間も同じ気持ちでいるのに、自分だけ食べるわけにはいかなかった。「仲間」といっても、表立って仲良くすることは、暗黙の了解で禁じられていた。仲の良い人が失敗などをすると、お前も関係していたのではないかと、連帯責任で殴られるからだ。それでも、就寝前にこっそりアドバイスをしあったり、「大変だったね」と苦労を慰めあったりしていた。その思いが、食べたいという慎太郎の欲望を抑えていた。上級兵はというと、三度の飯のほかに夜食まで出るので飢えていないのだ。慎太郎はたまらない気持ちを抑えて、（早く偉くなってやる！）そう決心するのだった。

食事も済み、後片付けも終ると、一日で一番切なく辛い時間がやってくる。軍歌演習の時間だ。土手で一列に並ばされると、目の前に民家が建ち並んでいるのが一望できる。夕暮れ時のこの時間、一軒、また一軒と、民家に明かりが灯《とも》っていくのがわかった。

（父さん母さん、元気でいるだろうか。小さい妹や弟たちは仲良くやっているだろうか。）

慎太郎は、家族のことを思い出さずにはいられなかった。自然に涙が溢れてきた。土手を下りればすぐそこにある温《ぬく》もり。食糧は乏しいが家族で囲む食卓。しかし、逃げ出したらたちまち脱走兵の烙印《らくいん》を押され、どんな重い刑罰が待っているかは分かっていた。

自分がどれほど自由を奪われているのか、土手を挟んで上と下の世界の差を身に染《し》みて感じた。涙は流せば限りが無い。慎太郎は、開いていた足に力を入れ、自分に喝《かつ》を入れるかのように、軍歌をさらに大きな声で歌った。

「ウーウーウー」

空襲警報が鳴り出すと、全員所定の場所へと動き出した。消火班だった慎太郎も兵舎の最上階の三階に身を潜《ひそ》めた。

東京は三月頃から、空襲が激しくなっていた。しかし、兵舎のある赤坂は、これまで大きな被害にあっていなかった。慎太郎は、二日前に星三つになったばかりで、(上の立場になったからには率先してやろう)そう思っていた矢先のことだった。

「ピュ――――ッ　パシャ」

「ピュ――――ッ　パシャ」

音がしたと同時に、屋根を突き破って焼夷弾《しょういだん》が次々に降ってくるのを目の当たりにした。あっという間に壁から床から燃え広がった。水をかけ、火縄《ひなわ》でたたき、必死で火をくい止めようとした。しかし火の勢いは増すばかりで、逃げ場もなく、火の粉が降りかかってくる。

「無理だ、降りろ!」

その怒鳴り声と共に、二階に駆け下りた。しかし状況は変わるはずもなく、一階へ、さらに外へと追いやられていった。

外に出ると、防火用貯水池から一列に並び、バケツリレーでの消火活動が始まった。火は兵舎を包み込み、襲いかかるような激しさだった。バケツの水だけでは、火の勢いは弱まらない。兵舎の熱さに、じりじりと列が後ろに押されていく。その場にとどまっていられないくらいの暑さに耐えかねていた。

突然、ふっとどこかで列が崩れた。我先にとみんな走り出した。物陰や防空壕に隠れる人が見えた。慎太郎も無我夢中で防火用貯水池に飛び込み、頭のてっぺんから足の先まで全身を冷やした。息が続かなくなり、水から顔を上げた。物凄い光景が目に飛び込んできた。

貯水池に入れなかった人たちだった。火に直接触れたわけではないのに、熱風で自然発火してしまうのだ。軍服に火がつくと、奇声をあげながら火だるまになって走り回る。見る間に軍服は全部燃えてしまい、裸に靴とゲートルだけ身につけて動かなくなってしまった。火の粉が渦巻きをつくっていた。

しかし、これでショックを受けている余裕はない。少し顔を上げているだけで、ぬれていた頭がすぐに乾き、今にも火がつきそうな熱さに襲われた。慎太郎はあわてて頭まで水の中に潜った。この動作を一晩中繰り返した。

夜が明けてくると同時に、火はだんだん下火になり鎮火《ちんか》した。見慣れた兵舎や木など、燃えるものは全て燃え尽きていた。慎太郎は、その変わり果てた様をボーっと眺めていた。

「整理を始めるぞ」

池に入っていた上級兵の声がした。その指示が聞こえると、皆池からあがりだし、慎太郎もあわてて片付けに取り掛かった。

排水溝《はいすいこう》に兵士が入っているのを見つけた。引き出そうとひっぱるのだが、なかなか抜けない。ありったけの力を出してやっと引き出すことができた。だがまだ奥に人がはまっている。もう一度引っ張った。するとまだ人が見えた。排水溝は、普通一人でもやっと入れるくらいの太さしかない。結局そこには四人も押し込まれていた。全員窒息死だった。人間は危機に陥っているときは、予想もつかないことをやってしまうことや、ここに入っていた人は、結局逃げられなくなり、苦しんだことを思うと、思わず身震いした。

次に、兵器などを抱えて防空壕に避難した兵器搬出班の様子を見に行った。防空壕が埋まっているのが見える。

（まさか……）

あわてて掘ってみると、壕の中でみな死んでいた。消火班より圧倒的に人数が多かったのに、誰一人として息をしているものはいない。原因は、入り口の枕木《まくらぎ》が熱風の余熱で燃えてふさがれてしまったことにあった。その結果、空気が入らなくなり、蒸し焼き状態になってしまったのだった。

防空壕や排水溝の中など、さまざまな所にある遺体を一箇所に集めた。その中に、火だるまになって動かなくなった人の遺体もあった。不思議なことに、皮膚に火傷の痕《あと》がなく、マネキン人形のようだった。彼らには、土手から外に出るという選択肢があった。しかし、軍隊の場合、外に出るのにはどんなに危険で命がかかっている場合でも、上官の許可が必要なのだ。もし勝手に兵営の外に出たとしたら、徹底的に追われ、家族まであらぬ疑いをかけられてしまう。だから誰一人として外には出ずに命を失ってしまったのだった。たくさんの遺体を目の前にして、最後の最後まで軍律《ぐんりつ》に縛《しば》られているという事実に、慎太郎は深い悲しみを感じた。

ある程度整理がつくと、仮兵舎となる中学校へ移動することになった。その時人数は三分の一となっていた。

慎太郎はその後、兵舎をもう一度移動したが、人数は変わらないまま終戦を迎えた。戦争が終わったということは、心も身体も解放されたということだった。逃げ出せずに燃えさかる炎に巻かれて死んでいった人々の想いは、慎太郎の心の深いところまで伝わっていた。

（これからは自由に生きるんだ。）

慎太郎はこのような悲しい残酷なことが二度と起きないことを祈りながら、兵舎から大きく一歩踏み出し、新たなスタートをきった。

〔後記〕当時十九歳だった慎太郎は現在七十八歳。私の大好きな祖父です。この話を聞かせてくれている時、祖父はとても悲しい顔、怖い顔をしていました。戦争によって受けた傷は、六十年近く経った今でもくっきりと祖父の心に残っているのだと感じました。祖父は今祖母と二人で仲良く暮らしています。戦争の悲惨さを語り継いだ私は、平和を訴えていかなくてはならないと思います。これからもこの幸せがずっと続きますように。おじいちゃん、おばあちゃん、いつまでも元気でいてください。

（担当教諭／小野田　明理子）

炎に散った町

竹内　登子
（1985年度）

防空壕。

配給で配られた、ほんの少しのみそを茶腕にいれて、良子は家へとむかいました。
町には男の人の姿がほとんど見られなくなりました。良子の夫も、満州へ送られて戦死しています。「私がしっかりしなくては！　私が家を立派に守るのだ……」と、良子はいつも自分に言いきかせているのでした。良子は蒲田で薬局を営んでいます。もちろん彼女一人で家を守り、店で働いているのでした。しかし近頃では、棚に並ぶ薬品の数も種類もめっきり減って、店の経済も苦しくなる一方です。

〝減る〟と言えば、配給のみそだって米だってしょう油だって、みんなキツキツのカスカスで、その日、手に入る物があればまだいい方です。良子の靴はボロボロですが、靴も配給制でています。こんな苦しい生活に比べ、近くの大きな鉄工場からは絶えず、ゆうゆうと白い煙があがっています。

「良子さん、良子さん、忘れたのかい？　次は防火訓練や」

呼びとめられて見ると、そこには、いつも世話になっているおばさんがあわてたように、良子の腕をつかんでいます。

「あれ？　もう防火訓練ですか？　それはいかんいかん、すぐにバケツもっていきます」

「そうだよ。もしうっかりしてて、防火訓練に出そこなったなんていうことになったら、それこそ非国民や言うて配給の米さえもらえなくなる。早く来んさい」

路地裏では毎日のように、防火訓練が行われていました。もんぺ姿でりりしく、女の人たちが一人ひとり、バケツを持ち寄ってバケツリレーを始めます。良子も一生懸命に、ホイッ、ホイッと次の人へとバケツをまわします。

「よし、次は火たたき!!」

今度は棒の先に、はたきの上部のような物を取りつけたのを、水につけて、用意したハシゴに登って家の屋根をたたきます。

「それッ、それッ」

みんな必死で屋根をたたくのです。やがて訓練が終わって、集団でゾロゾロと帰ります。良子はそんな時、いつもおばさんと、アメリカ軍のことを話すのでした。

「なんの、アメリカ軍なぞ来てみい。一発で私らがのしてやるわ」

「でもおばさん。いったい日本はどうなるのでしょう。配給なんて、もう思うようにはいかなくなっている。もしも……」

「しいっ!! お前さん、大きな声で話すんじゃないよ。そんなことが聞こえてみ、すぐにお役所、いや、警察から呼び出しじゃ。なんのなんの、心配せんでもいい。空襲があっても、火なんぞすぐに消してやる」

「でも、それは……」

と、良子は心の中でつぶやきました。数か月前、蒲田、大森の町を偵察《ていさつ》に来たあのB29の姿が忘れられなかったのです。ゴオン、ゴオンという音と共に、黒い大きい翼を持って、ゆうゆうと飛んでいったB29。その時は、空襲警報も鳴らず、町の人々は道や屋根に出て来て、口々に「やあ、新しい飛行機だ」などと、手をたたいていたが、あの超重爆撃機でいったいどのくらいの人が殺されてしまうのだろう。もうすでに、三月十日には下町一帯が空襲され、火の海になってしまったという。果たしてバケツリレーで火が消せるかしら。みんな平気な顔をしているけど、それは何だかただ強がっているだけのような気がする……。

そんな良子の不安感にもかかわらず、おばさんはのんきに言うのでした。

「そう言えば子どもがほとんど、いなくなってしまったねえ」

「ええ、大部分の子が、集団疎開しましたもん。今頃、田舎で先生について畑でもたがやしているのでしょ」

そう言って良子はフフッと笑いました。良子の息子二人も、集団疎開で新潟にいるのでした。

(よく配給品を一緒に取りに行ったなあ。行く途中、いろんな話をしたっけ。「兵隊さん、前線で戦ってるんだ」ってよく言ってた。あの子たちは大丈夫かしら? 田舎でも食糧が不足していると聞くし……。)

その時、ウーウーウーと空襲警報が鳴り響きました。

良子もおばさんも、ハッと我にかえり走り出しました。

「じゃ良子さん。これで……」

「さよなら、おばさん」

軽くあいさつをすませ二人は家の中へと、かけこんでいきました。

こんな日が毎日続きました。敵機の空襲は確実に多くなっていきました。良子は、日ごとに回数が増える空襲警報に不安がつのるばかりでした。

五月末のことです。

良子が窓に張る暗幕をなおしていると、急に空襲警報のサイレンが鳴り始めました。

（こんな遅い夜だというのに。また空襲だわ。）

良子はまるで他人事のようにつぶやいて、物干台に行き、向こうを見ると……。なんと、すぐ隣にある大森の町が焼けているのでした。赤い炎はごうごうと音をたてて天を焦《こ》がし、まぶしい光を放ち、まるで鮮やかな夕焼けのようでした。

良子がびっくりして、食い入るようにそれに見入っていると、下で戸をダンダンと激しくたたく音が聞こえ、続けて、

「良子さん、良子さん！」

とあわただしく、自分の名を呼ぶ声がしました。良子は、ハッとして下へ行き、戸を開けると、そこには、鬼のような形相《ぎょうそう》をした、おばさんが立っていました。

「早く！　何しとるの、もう火はそこまで来てるんだよ。早く防空壕へ」

良子は言われるままに、家の側にある防空壕へと走りました。

（火は本当にすぐ側に来ているのかしら？）

良子は、不安に思いながら、真っ暗な防空壕の中で耳をすましていました。聞こえてくる物音といったら、近所の人たちやおばさんの息づかいくらいです。やがてゴゴゴォッという音が

して、頭の上に何かがおおいかぶさったような感じがしました。

「来たぞー」

誰かがそう叫んだ直後、ヒューン、バラバラバラバラという音がして、ズドオッと何かが物すごい勢いで落ちてきました。とたんに、防空壕は大きくゆれ、つぶれるかと思うくらい、土が上から降ってきました。

(ここにいては、生きうめにされてしまう……)

良子はとっさに思いました。ちょうどその時、誰かが外で、

「防空壕は危険だ！　この一帯はすぐに壕を出て、多摩川《たまがわ》土手に避難するように！」

と叫びました。防空壕の中の人たちは不安でしたが、命がかかっていることを意識してすばやく外へ出ました。良子もおばさんも続いて出ました。

出た瞬間、良子の足は止まってしまいました。良子には信じられなかったのです。先ほどまで遠くにあった火が、津波のように押し寄せて、家がバリバリと恐ろしい音をたてて燃えています。泣き叫んだり、わめいたり、まるで狂気のようになった人々が逃げまどい、その人たちの頭上に、いくつもの黒い爆撃機が、雨のように、燃夷弾《しょういだん》を落としていました。これまで見たことのない、地獄のような世界が良子の目の前にあるのでした。

「良子さん！　しっかりして、早く多摩川土手へ行くんじゃ」

おばさんにそう言われて、良子は正気《しょうき》にかえりました。

「おばさん、多摩川はもうダメかも。それにこの火ではとても行けません。この近くに池上《いけがみ》本門寺《ほんもんじ》があります。あそこなら広いし、火が燃え移らないかもしれません。あそこにしましょう」

そう二人が話している間にも、人々は火をくぐりぬけ、口々に、

「大森は火の海だそうだ」

「もう多摩川もダメになったんじゃと」

などと言いながら、逃げ去って行きました。

良子とおばさんは、とりあえず池上本門寺へと急ぎました。轟音《ごうおん》と炎のまざりあう中を二人は必死で進みました。まわりの空気はだんだんと熱くなってきて、煙が視界をさえぎります。

B29は、ものすごい勢いで焼夷弾を落としていきます。やむことのない雨のように。

その中を二人は、倒れてくる木や、下で音をあげて燃えている丸太を飛びこえ、ついに小さな広場に出ました。もう池上本門寺どころではありません。火にさえぎられた壁を突きぬけるのはこれ以上無理でした。その広場には、力が尽きて動けなくなった人たちが数人座りこんで、まるで人形のようにボーッとしていました。

良子とおばさんは、もうこれ以上前へ進めないことがわかり、その場へ座りました。まわり

は火でしたが、ここは空襲に備えて家を取り壊したものと見えて、火は容易に追って来ません。

良子は、息をはあはあさせながら、

「おばさん、もうダメ。私、熱さで死んでしまう」

「何を！　ここまで逃げてきたんじゃ。もう少しのしんぼうじゃい」

そうがんばるおばさんの顔は、熱さと火のため、黒く赤茶けて汚れていました。と、その時、
ズザアッ　ザザザザッと何かが落ちてきました。

「伏せてえっ」

良子は、とっさに地に伏して悲鳴をあげました。が、煙のためにかすれた声しかでません。

ズドォォッ、バリバリッ、すさまじい、まるで落雷のような音です。良子は目を開けて、おばさんの肩に、くずれるようによりかかりました。おばさんは、こわばった顔で、

「あとは焼夷弾にあたるか、あたらないか、それだけの問題じゃ」

と言いました。

「そ、そんな……」

と良子が言いかけた時、また轟音が一面にとどろいて、あたりがパッと光り、青い閃光《せんこう》が稲《いな》妻《ずま》のように走りました。

ズザアッ、ドドドドッ。二人の後方にある家が焼夷弾にあたり、焼け崩れたようです。火の

勢いは、前にも増してすごくなってきました。止むことのない、焼夷弾の雨の中に、今や蒲田の町は火に焼き尽くされようとしています。

ヒューン、バラバラバラ。

（ああっ、もうおしまいだっ！）

良子は目をつぶり、手で頭を抱え込みました。そして、恐る恐る目を開けました。どうやら、はずれたようです。前でも後ろでも、建物がドドオッと崩れる音が鳴り響いています。あちこちから、ボタン雪ほどの火の粉が降ってきます。それをよけるのと、息をするのだけで精いっぱいなのです。目は熱さと煙のために、あけていることができなくなりました。良子はどこから出てきたのか、目の前にある泥水を必死で目や顔にバシャバシャとかけました。そうして良子は、体に炎の熱さを感じながら、何もわからなくなっていきました。

良子はうっすらと目をあけました。

（朝だわ……。家は？　学校は？　みんなは？　みんなはどこに行ってしまったの？　私、夢でも見ているのかしら……。）

あたりは焼けこげてブスブスいって、くすぶっている黒い木でいっぱいです。白い煙が何事もなかったかのように、静かにたちのぼっています。

（あそこに見えるのは……あれは、海？　羽田の海？）

そこに見えるのは、黒く焼けた町を越えてはるかむこうにキラキラと光って見えるものは、本当に海でした。炎はすべてを焼き尽くし、視界を邪魔する物すべてをのみこんでしまったのです。良子は、力なくヨロヨロと立ち上がりました。

（これが昨日まで生きていた町！　みんなが、一人ひとりが生きていた町！）

たったの一夜にして、あまりにも変わり果てた町のその焼け跡に、良子はなす術《すべ》もなく立っていました。まだ熱い焼け跡の中に、炎の中に散った町の中に――。

数日後、良子はおばさんと別れて、親戚の所へと発っていきました。

〔後記〕この良子（仮名）は私の祖母です。戦争中にたいへん苦労したようです。祖母から空襲の怖さ、恐ろしさを聞いて、戦争の破壊力を改めて感じさせられました。

（担当教諭／松本　良子）

灰になった夢

新藤　美穂
（1990年度）

父はあといく月かで六〇歳を迎える。私と同年代の子にとって、六〇歳といえばおじいさんかもしれない。幼い頃、私はそれがいやで友達に父の年を告げることはなかった。しかし、年配の父がいるからこそ、戦争の悲しさ、残酷さを、ずっと聞かされて育った。

戦争は、未来ある若者の人生まで、容易に狂わせてしまうものなのである。

太平洋戦争が勃発した頃、薫は小学校五年生だった。一九四一（昭和一六）年一二月八日。その日は終戦記念日とともに、忘れてはいけない日である。

小学生の薫が、戦争を感じたのはお菓子屋の店先だ。行くたびに品物は減る一方。一向に仕入れるようすがない。

「おばさん、キャラメルは？」

「キャラメルは配給になったんだよ。今度の配給日に買いに来ておくれ」

お金があっても物が手に入らない。配給日の間隔は明らかに長くなってゆき、やがて配給日は消える。キャラメルを買いためるほどのお金はなかった。

「ほしがりません、勝つまでは」

ほしがってもほしがっても、手に入らないというのに。

薫は教師になりたかった。しかし、家は呉服屋。その頃ではわりと豊かな仕事。長男だった薫はいやおうなく後継《あとつ》ぎと決められていて、中学校ではなく商業学校に入学させられた。ところが商業学校といっても、勉強などほとんど教えない。毎日つづく勤労動員。これではいけない。先生になることはできない……。教師になる夢を秘《ひそ》かに持ち続けた薫にとって弟、静夫の疎開はチャンスだった。両親を説得して商業学校を中退し、弟と一緒に疎開した。疎開先で国民学校高等科に編入。自分のやりたい勉強をやっと始めたのだ。

疎開先は八王子の梅坪。親せきの家だった。その家には四人の息子がいるはずだが、長男、次男はすでに召集され、三男、四男にもやがて赤紙が届いた。薫は日の丸を持って見送りに行った。

「手柄なんて立てるな。どんなことをしてでもいいから生きて帰れ」

バンザイ、バンザイと旗をふる見送りの人たちの中で、薫が世話になった家のおばさんは異質だった。しかし、これが本当の親の心。素直な気持ちだったのではないか。

薫の歳（一九歳以下）に赤紙がくることはなかったが、一六歳以上は志願兵になることができた。母親が戦争反対を通した人だったので、薫自身志願兵になろうとは思わなかったが、友人で一人、志願して死んでいった者がいた。彼は家が貧乏で、いつもつぎはぎだらけの服を着ていた。

「一度でいいから、きれいな服が着たい」

そう言って、「カミカゼ」となったのだ。隊から支給される真新しい制服、それは彼にとって死ぬ前に許された一瞬のぜいたくだったろうか。

一九四五（昭和二〇）年三月一〇日、一〇万人からの死者を出したと言われる「東京大空襲」。焼夷弾《しょういだん》は東京中をなめつくすように燃やし、やがて八王子までも襲うことになる。薫はそろそろ高等科を卒業しようとしていた。そして今度こそ教師に……秘かに進学の決意をしていた。

当時、薫と同じ年頃の男の子たちは、みんな海軍にあこがれていた。短い丈のブレザーに七つボタン。どんないがくり頭もそれを着ればかっこよく見えた。女の子たちにも騒がれる。薫もあこがれぬわけはなかったが、先にも書いたように母親は戦争反対。

「天皇なんかのために死ぬんじゃない。軍人になんか絶対なるな」

そう言われて、あきらめざるをえなかった。

八王子空襲では人々はもう「逃げるが勝ち、火を消す間に自分が焼け死ぬ」という感覚を持っていて、三月一〇日の東京大空襲の時ほど被害者は出なかったものの、やはり炭のような死体は道々に転《ころ》がった。

その日、薫は合格通知を受け取り、ほくほくと家に帰った。しばらくの間、疎開先を離れ、両親と姉、妹のいる実家に戻っていたのだ。受験については両親に秘密にしていた。合格すればなんとかなると思ったのだ。しかしどうにもならなかったのである。

董が合格通知を受け取った日の昼頃、空からビラが落ちてきた。

「本日、八王子ヲ空襲スル」

米軍からのものである。両親を説得する間もなく、薫と家族は山に逃げた。ところが、予告時間の一二時を過ぎても、一向に八王子に焼夷弾は落ちない。遠く川崎あたりがまっ赤に見えるだけ。

「今夜は、予告だけだったのか……」

誰もがそう思った。自分たちの街が燃えるなんて誰も思いたくない。

「今夜はもう何も起こらないだろう」

人々は、安心して自分の家に帰った。

午前二時、炸裂音《さくれつおん》とともに、まわりが明るくなった。太陽が昇る時間ではない。窓を開ける。隣家が燃えている。とっさに火を消すことを考えた。なぜか逃げる気持ちはなかった。必死で消しているうちに、自分の家の窓から火が出ていることなど、思いもよらなかった。鍋と食糧を両手に持ち、背中に妹を背負った母親が薫を呼んだ。

「逃げるんだよ、お隣りの家の人なんて、とっくに逃げ出してるよ。早く自分の荷物を持ちなさい」

防火用水の水を頭からかぶると、走りに走った。その夜は知り合いの家に泊まった。

「隣りの家の火を消したんだから、うちは燃えない」

窓から上がる火を見ていても、薫は自分の家が燃えることなど、考えられなかった。

翌日、自分の家を探しに行った時、水がいっぱいに張ってあったはずの風呂ガマが全焼しているのが目にとびこんできた。言うまでもない。わが家はぺしゃんこになって、まだくすぶっていた。

教師になる夢はあきらめた。すべては灰になってしまったのだから。

ここまでが、私の父の話である。父の弟は終戦時、国民学校六年生だった。父は自分がやりたかった勉強を弟には充分してほしかったと言っている。大学教授となり、ときどきはテレビに顔を出す弟を見て、父は、

「静夫は確かにがんばり屋だ。だから立派になった。けれどがんばってもがんばっても、その努力を空まわりさせてしまう恐しいものがある。それが戦争だ。あの時、家が燃やされなければ、あるいは父さんは違う人になっていたかもしれない。もっと勉強することができたはずだからな。だから美穂にはできるだけ、やりたいことはさせてあげたい。自分が歯をくいしばってがまんした分まで」

私は自分がぜいたくすぎることに気づいた。父以外にも戦争のせいで、大きく人生を狂わせられた人がいるはずだ。私たち、平和の中で生きている者たちは、戦争の心の被害者たちのためにも、今を大事に生きなくてはならない。そして戦争のない平和な世の中を守り続けなくてはいけない。

（この話は父より聞きました。）

（担当教諭／堀内　かよ子）

〔解説〕

全都の半分以上を焼き尽くされた東京大空襲とは

早乙女《さおとめ》　勝元
（作家）

空襲とは、空から襲うと書く。

航空機で空中から爆弾を落としたり、機銃《きじゅう》を撃ったりして加える襲撃《しゅうげき》のことをいう。すると、襲われる町があって、人がいなくてはならない。空襲とか空爆だけの用語だと、その下で殺傷される人々の痛みが希薄になりはしないか。

空爆による民間人の被害については、広島・長崎の原爆の場合、被爆者というが、爆弾や機銃、あるいは艦砲《かんぽう》によって、なんらかの被害を受けた人たちも、同じ被爆者にはちがいない。しかし、核兵器ではなくて通常火薬なので、一般的には戦災者といわれている。戦災で傷ついた人は、戦災傷害者である。

などと考えていくと、東京大空襲のひとことでは不充分で、「・」を入れて、その下に戦災者とか遺族とか、戦災傷害者とかをつけるべきだろう。そうしないと、物事の本質が見えにくく、ピンボケにもなりかねない。

たとえば、ベトナム戦争とかイラク戦争とひとことに言うが、まるでベトナムやイラクが戦争を起こしたかのように、受け取られる恐れがある。加害があって被害があるのだから、頭に「アメリカ（など）による」と主語をつけるべきで、その「空爆」も、やはり適切ではない。

戦後も六〇年を迎えた今、遠い日の戦争となった東京大空襲の惨禍《さんか》をふりかえる時、忘れてならないのは、太平洋戦争の前段とも言うべき日中戦争時に、日本軍が重慶《じゅうけい》など中国の諸都市を無差別に爆撃したということ。被害者たる民間人への思いを欠いては、同じ過ちをくりかえしかねないと、考えるべきではないだろうか。

❇秒読みに入った日本本土空襲

米軍機による第一回の日本本土空襲は、一九四二（昭和一七）年四月一八日のことだった。日本軍がマレー半島侵攻と、ハワイの真珠湾《パールハーバー》へ奇襲攻撃をかけて、太平洋戦争の火ぶたが切って落とされた前年一二月八日から、わずか半年後。いきなり〝通り魔〟のように、米軍機が登場したのである。

それは、日本本土に近接した米空母から飛び立った、ドゥーリットル中佐の率いる双発《そうはつ》の中型爆撃機B25一六機によるものだった。このうち東京に飛来したのは一三機で、川崎、横須賀、名古屋、神戸などに被害が及んだ。東京・荒川区の軍需工場で、運び出される焼死体を見た曾祖母の話を、森田祐子さん（一六ページ）は書いている。

《年長らしい男性、女性、幼い子ども。トタン板の上に並べられたものは、死体とはいえません。むしろ物体です。足がなえているものもありました。》

しかし、被害の実態は表ざたにされることはなく、敵機をまんまと「帝都《ていと》」に侵入させてしまった軍部は、大あわてで、防空・防火の徹底を民間に呼びかけた。といっても、各家庭で準備すべきは、砂袋に火たたき、バケツリレーのための用水槽《そう》くらいのもので、江戸時代の火消しと大差なく、頼みの綱はと言えば「鬼畜《きちく》米英打ちのめせ」の、「必勝の信念」だけだった。

初空襲から、ざっと二年が経過した。この間、東京上空に米軍機を見ることはなかったが、それは、日本軍の守りが強固だったからではない。態勢をととのえた米軍は、圧倒的な戦力で、一歩一歩と日本への強力な足場を確保していたのである。

一九四四（昭和一九）年七月、米軍はサイパン島守備隊を壊滅《かいめつ》させ、八月に入ったとたんグアム島がこれに続き、マリアナ諸島がB29の前線基地化したのは、一〇月なかばのこと。東京までの距離は約二三〇〇キロである。日本本土空襲は秒読み段階に入った。

そのB29であるが、アメリカが対日戦略爆撃のために完成させた長距離重爆機で、「超空《そら》の要塞《ようさい》」と称され、当時としてはきわめて優秀な性能を備えていた。

乗員は一二名、航続《こうぞく》距離は爆弾（焼夷弾《しょういだん》）五トンを積んでも五五〇〇キロ。北海道までは無理だが、その他の日本の都市を、すべて爆撃目標にすることができた。最大速度は六〇〇キロで、日本の戦闘機群を軽く抜いてしまう。しかも一万メートルもの高々度を飛び、高射砲弾をほとんど受けつけなかった。

もはや東京への空襲は必至とみて、八月に子どもたちの集団疎開《そかい》が行なわれ、それ以上の生徒・学生たちの教育は停止されて、勤労動員が本格化した。

一一月になると、警戒警報と空襲警報のサイレンの鳴りやまぬ日々となり、海の彼方にあったはずの戦場が国土に移行した。首都の東京が、空襲の第一目標にされたのは当然である。

しかし、年を超えて、翌四五（昭和二〇）年二月までのB29の攻撃は、一部例外があったにせよ、軍事目標に照準を向けた精密爆撃だった。ところが同作戦は強い季節風と悪天候にさえぎられて、充分な成果を上げられず、米軍（司令官はカーチス・E・ルメイ少将）が非戦闘員を対象にした無差別焼夷弾爆撃へと切り替えたのは、三月の声を聞いてからである。

❖修羅場と化した東京の下町

そして、炎の夜がやってきた。

三月九日夜一〇時半、北風の吹く町並みに、警戒警報のサイレンが鳴りひびいた。都内をかすめた二機のB29は、冷やかし気味に房総沖に退去したが、これは後に続く大編隊に、正確な航路を伝える無線誘導機である。主力の大部隊は、一七〇〇トンもの高性能焼夷弾を満載《まんさい》した約三〇〇機。かつてない低高度で、東京湾上から東京東部の下町地区へ侵入。北北西の強風下に連続波状攻撃を開始した。

水路だらけの深川区に第一弾が投下されたのは、三月一〇日になったばかりの零時八分だった。空襲警報は同一五分に発令されている。この七分差は、爆撃下の居住民にとっては、生死を分ける決定的な時間となった。

というのは、第一弾投下より二分後の零時一〇分、火災は隣接する城東区に発生、さらに二分後には本所区が被災している。零時二〇分、火災は浅草区にも発生。独立火点が猛突風にあおられて、一大火流になった。

浅草、日本橋方面に広範囲に広がった猛火は空を飛び交い、隅田川《すみだ》を越えて向島《むこうじま》と合流、わずか半時間たらずのうちに、下町全域へと波及した。

木と紙と土でできた長屋ふう木造家屋は、類焼延焼にまったく抵抗力がなかった。日頃の防火訓練はなんの役にも立たず、軍部の方針通りに消火作業にとらわれていた人びとは、あえなく逃げ遅れ、退路を断たれた。

猛火はたちまち激流のようになり、路上を走り、家屋をつらぬき、いくつもの運河を結んで合流し、東京はその歴史始まって以来の一大修羅場《しゅらば》と化した。

午前二時三七分、空襲警報は解除されたが、火勢はますますさかんで、明け方の八時過ぎまで、人口過密地帯の街並みをなめつくすことになる。一〇〇万人を超える人びとが家を焼かれ、傷ついた人は四万人以上、運河を、橋上を、焼け野原をるいるいと埋めつくした死者は、警視庁調査で八万八七九三人（八万三七九三人の数字もある）、未確認分を含めて、およそ一〇万人もの都民の生命が失われたのである。

一〇日早朝より、罹災地に男たちが動員されてきた。軍隊、警防団、消防隊員らによる死体処理班だった。仮土葬のおぞましい作業が開始されたが、避難所に指定されていたいくつかの学校講堂に山積みされた焼死体は炭化して、ほとんど原型をとどめていなかった。やむなく、鉄カブト、金ボタン、小銭入れの口金などで、死者数を割り出したところもある。「鉄カブトを二個かぶっていた人はいない」の前提に立ち、一個で一体とみなし、そこに五個のボタンと、一つの小銭入れ口金を添えるという具合に。……

この目もくらむような惨状に対して、政府と軍部が一体となった大本営は、一〇日正午ラジオを通じて発表した。

B29一三〇機の「盲爆《もうばく》ニヨリ都内各所ニ火災ヲ生ジタルモ、宮内省主馬寮《しゅめ》ハ二時三五分、其ノ他ハ八時頃迄ニ鎮火《ちんか》セリ」と。

主馬寮とは、主の馬の寮だ。イの一番に天皇の馬小屋を消火させた当局は、皇居の安泰《あんたい》しか眼中になく、一〇〇万人からの罹災者と一〇万人にも及ぶ都民犠牲者は、「其ノ他」の三文字で片づけた。「死は鴻毛《こうもう》よりも軽しと覚悟せよ」とは、『軍人勅諭《ちょくゆ》』の一節だが、民草《たみくさ》と呼ばれた国民の命は、鳥の羽よりもさらに軽かったのである。

✽東京都慰霊堂に眠る一〇万余の白骨

東京の下町を一望見渡すばかりの焦土に変えたB29は、すぐ機首を西に向けて、矢つぎばやに名古屋、大阪、神戸を襲い、またもや東京へと狙いをつけた。四月なかば、今度は西部地域を中心にして、三月一〇日に続く大規模空襲となる。次いで山の手地域と、焼け残りの東京全体が目標にされ、第三次の大規模空襲が五月のこと。

五月末、二日間にわたって、延べ一〇〇〇機以上のB29が来襲し、七〇〇〇トン近い焼夷弾が投下された。来襲機、投下弾とも、三月一〇日空襲とは比べようもないほどの、圧倒的な戦力である。制空権と制海権を完全に奪われた軍部は、もはやなすすべもなかった。

《防空壕や排水溝の中など、さまざまな所にある遺体を一箇所に集めた。その中に、火だるまになって動かなくなった人の遺体もあった。不思議なことに、皮膚に火傷の痕《あと》がなく、マネキン人形のようだった。》(一六三ページ)

秋元悠里さんは、七八歳の祖父から聞き出している。その体験を語る大好きな祖父は「とても悲しい顔、怖い顔」だったという。

被害は山の手方面から南・北多摩にまで及び、ほとんど全都に波及した。米側資料によれば、「五月末までに東京は全市街の五〇・八%を焼失し、攻撃目標リストから除外」されたとあるが、しかし、これで空襲が終わったわけではない。

B29と、硫黄島《いおうとう》や機動部隊空母から発進した戦闘機群による爆撃と銃撃が、各地で執拗にくりかえされて、敗戦の日まで続くことになる。八月一五日正午、無条件降伏を告げる天皇のラジオ放送で、都民はやっとのこと、不吉な空襲警報のサイレンから、解放されたのである。

この日まで、B29による東京空襲は約一二〇回に達した。開戦時に六八七万人だった区部人口は、約三分の一の二五三万人に激減した。

死傷者数はどのくらいか。さまざまな統計は、いずれも信憑性《しんぴょうせい》がない。しかし、死者数を如実に伝えているのは、墨田区横網町の東京都慰霊堂に眠る大戦下の一般都民殉難《じゅんなん》者一〇万五四〇〇体もの白骨だろう。すでに遺族に引き取られた分と、未確認分まで加えるなら、全都の死者は一一万五〇〇〇人以上、負傷者は約一五万人、罹災《りさい》者約三一〇万人かと推定される。

この年の日本人の平均寿命は、男二三・九歳、女三七・五歳だった。

※戦禍のバトンを受け継ぐものたち

それから六〇年が過ぎた。

平均寿命は男女共に約五〇年ほどもプラスされて、戦後生まれの国民は七五％、今や五人のうち四人は、戦争を知らない世代である。

高速道路が波のようにうねって、超高層のビルが乱立する東京には、広島・長崎のような公立の戦災記念館もなければ、平和公園もない。天皇と政府は無差別爆撃の総司令官カーチス・ルメイ将軍には、勲一等旭日大綬章を贈った（一九六四年、「航空自衛隊育成の貢献」による。カーチス・ルメイ将軍については一〇一ページで平田菜摘さんも触れている）が、空襲の遺族や戦災傷害者はそっちのけで、援護や補償は何もない。ないないづくしで、平和祈念館建設計画を進めていた東京都も、九九年にすべて「凍結《とうけつ》」してしまった。

冷凍庫の食物ならば、必要な時に解凍できるが、これはそんな生やさしいものではない。民間の東京空襲を記録する会が、三〇年余も都に寄託してきた戦災資料は、その一部が締め出されてきた。祈念館建設を棚上げにしたからには、もういらないよ、ということだろう。やむにやまれぬ決断に迫られ、江東区北砂一丁目にみんなで、民間募金による東京大空襲・戦災資料センター（電話03・5857・5631）を立ち上げて、かれこれ三年になる。

鉄骨三階の建物で、今のところまだ小さな点でしかないが、首都における都民の戦禍《せんか》を伝え、平和を希求する資料センターが、民立民営の草の根の力だけで現存することの意味は、小さくないはずである。

センターの運営と維持に悩んでいる時、現代っ子ら中三生徒らが、祖父母の戦争体験を聞いてレポートにした『15歳が受け継ぐ平和のバトン』（高文研刊）なる一冊を入手した。二三五人の生徒たちによる九〇〇ページもの大冊である。01年の記録集は「第七回平和・協同ジャーナリスト基金賞」奨励賞を受賞したそうだが、それも道理で、生徒たちはよく書いたし、よく書けている。千代田区の私立女子学院中学校の教育実践で、なんと二〇年余も続けてきているという。

レポートの手法は、「私は」の一人称ではなく、聞き取り相手を主人公にする三人称で、聞いた話をただ文章化するのではなく、主人公の身になって体験を考えられるように指導したという。いわば物語風だが、戦争を知らない現代っ子にとっては、そのほうが想像力につながりやすかっただろう。一人が一〇枚以上のレポートだから、大変な物量になる。定年で退職された小野田先生ほか、国語科の先生方にご無理をお願いして、その中から東京空襲をテーマにしたのを絞り込み、選んでもらうことができた。

都民は、あの戦争とどうかかわったのか――。人の体験は六〇年を単位にして、「歴史」に移行するというから、体験者の直接的な語りつぎは、もはや限界に近づきつつある。体験者がいなくなったら、都民の戦禍の継承《けいしょう》は途絶《とぜつ》するのだろうか。いや、そんなことはない。人間には体験しないことを、追体験できる知性がある。一五歳の彼女たちが、戦禍のバトンを受けつぐ走者になってくれたのはうれしく、頼もしい限りだ。

折しも、憲法と教育基本法を変えようという動きが急である。ジワジワ、ヒタヒタと迫ってくる戦争の暗雲に、ストップをかけるには、戦争とはどんなものなのかの実態を知らなければならない。「知っているなら伝えよ、知らないなら学べ」の正念場にきた今、感受性豊かな年頃でバトンを手にした彼女たちが、平和のゴールへ向かってくれることを、期待したいと思う。

《戦争体験者がまだまだいる間に日本中の子どもたちが、地球上のすべての国の子どもたちが、体験談を聞き、正しく真剣に戦争を考えることができたら、世界は平和になるのではないかと考えました》

ある生徒の母親が、担任教師に寄せた感想の一節だが、私もまた同感である。

早乙女　勝元（さおとめ・かつもと）

1932年、東京に生まれる。12歳で東京大空襲を経験。働きながら文学を志し、18歳の自分史『下町の故郷』が直木賞候補に。『ハモニカ工場』発表後は作家に専念。ルポルタージュ『東京大空襲』がベストセラーになる（日本ジャーナリスト会議奨励賞）。1970年「東京空襲を記録する会」を結成し、『東京大空襲・戦災誌』が菊池寛賞を受賞。2002年、江東区北砂に「東京大空襲・戦災資料センター」をオープン、館長就任。庶民の生活と愛を書き続ける下町の作家として、また東京空襲の語り部として、未来を担う世代に平和を訴え続けている。著書は100冊を越えるが、主な作品に『早乙女勝元自選集』（全12巻／日本図書センター）『生きることと学ぶこと』『戦争を語りつぐ』（以上岩波書店）『戦争と子どもたち』『図説・東京大空襲』（以上河出書房新社）などがある。

十五歳が聞いた東京大空襲

●二〇〇五年　三月　一日――――第一刷発行

編著者／早乙女　勝元

発行所／株式会社 高文研
東京都千代田区猿楽町二－一－八
三恵ビル（〒一〇一＝〇〇六四）
電話　03＝3295＝3415
振替　00160＝6＝18956
http://www.koubunken.co.jp

組版／Web D（ウェブ・ディー）

印刷・製本／精文堂印刷株式会社

★万一、乱丁・落丁があったときは、送料当方負担でお取りかえいたします。

ISBN4-87498-338-3　C0037